Eva Prawitt · Oster Wunder

Eva Prawitt

# *OsterWunder*

Erzählungen

Edition Anker

ABCteam-Bücher erscheinen in folgenden Verlagen:
Aussaat Verlag Neukirchen-Vluyn
R. Brockhaus Verlag Wuppertal und Zürich
Brunnen Verlag Gießen und Basel
Christliches Verlagshaus Stuttgart
Oncken Verlag Wuppertal und Kassel

Edition Anker – Erzählungen

Die Deutsche Bibliothek – CIP-Einheitsaufnahme
Prawitt, Eva:
OsterWunder / Eva Prawitt. - Stuttgart : Christl. Verl.-Haus, 2002
ISBN 3-7675-3728-1

www.edition-anker.de

Umschlaggestaltung: Dieter Betz, Friolzheim
Satz: WVG Grevenbroich
Druck: Freiburger Graphische Betriebe
Gesetzt aus der Janson 9.5/12
ISBN 3-7675-3728-1, Best.-Nr. 113.728

# I.

*Da ging Pilatus wieder hinein ins Prätorium und rief Jesus und fragte ihn: Bist du der König der Juden? Jesus antwortete: Sagst du das von dir aus oder haben es dir andere über mich gesagt?*
*Pilatus antwortete: Bin ich ein Jude? Dein Volk und die Hohen Priester haben dich mir überantwortet. Was hast du getan? Jesus antwortete: Mein Reich ist nicht von dieser Welt. Wäre mein Reich von dieser Welt, meine Diener würden darum kämpfen, dass ich den Juden nicht überantwortet würde. Nun aber ist mein Reich nicht von dieser Welt.*
*Da fragte ihn Pilatus: So bist du dennoch ein König?*
*Jesus antwortete: Du sagst es, ich bin ein König. Ich bin dazu geboren und in die Welt gekommen, dass ich die Wahrheit bezeugen soll. Wer aus der Wahrheit ist, der hört meine Stimme.*
*Spricht Pilatus zu ihm: Was ist Wahrheit?*

„Wenigstens in diesem Punkt werden Sie mir doch zustimmen, oder?“, fragte der kleine Mann.

Aufrecht und tadellos gekleidet saß er auf der Anklagebank, die Hände ordentlich übereinander gelegt, die Augen fest auf sein Gegenüber gerichtet.Unwillkürlich senkte Richter Palutis den Blick.

Was hatte der Kerl nur an sich?

Von seiner äußeren Erscheinung her war er nicht mehr als einer dieser unauffälligen Typen, wie sie millionenfach in der Welt herumliefen. Wäre Palutis ihm auf der Straße begegnet, er hätte sich nicht nach ihm umgedreht. Aber hier im Gerichtssaal löste der Mann in ihm eine eigenartige Betroffenheit aus, die Palutis ärgerte.

Ernst blickte ihn der Angeklagte aus großen Kinderaugen an. Er legte seinen Kopf auf die Seite, fragend und abwartend, kein bisschen provokativ, aber doch herausfordernd.

Herrgott noch mal, was bildete sich der Kerl eigentlich ein?

Palutis schätzte ihn auf höchstens Mitte dreißig. Mit Bestimmtheit ließ sich das aber nicht sagen. Es lagen keinerlei Ausweise vor. Der Angeklagte gab sich zwar als Arzt aus, aber es gab weder eine Zulassung noch sonst irgendwelche Papiere, die seine Aussage bestätigt hätten. Nicht mal einen festen Wohnsitz hatte er nennen können.

Wie konnte er es wagen, nach allem, was gegen ihn sprach, immer noch so aufrecht und selbstsicher aufzutreten?

Richter Palutis hätte am liebsten seine Faust auf den Richtertisch niedersausen lassen, um dieser mehr als unerfreulichen Sache ein Ende zu bereiten. Wenn nötig, mit Gewalt. Was ihm natürlich nicht zustand. Palutis hätte sich viel eleganter aus der Affäre ziehen können, zum Beispiel, indem er diesen Prozess an einen anderen abgab. Befangenheit wäre ein guter und obendrein ausreichender Grund gewesen. Oder seine angegriffene Gesundheit …

Dem Richter ging es schon lange nicht gut, und alle im Gericht wussten das. Niemand hätte sich also gewundert … Doch kneifen war für Palutis vollkommen indiskutabel. Er war nicht der Typ, der sich so schnell geschlagen gab, schon gar nicht, wenn es um menschliche Schwächen ging, wozu Krankheit natürlich zählte. Engagiert und ehrgeizig hatte er trotz allem bisher seine Pflichten erfüllt, und genau das würde er auch weiterhin tun. Bisher jedenfalls hatte er sich mit gutem Erfolg gegen weitere Krankschreibungen gewehrt.

Seit dieser erschreckenden plötzlichen Herzattacke vor eineinhalb Jahren hatte er oft genug seinen Platz im Gerichtssaal einem anderen überlassen müssen. Schon kursierten Gerüchte, er werde wohl bald ganz seinen Posten aufgeben müssen. Aber so weit würde er es nicht kommen lassen.

Palutis Herz wurde von Tag zu Tag unberechenbarer. Manchmal raste es in seiner Brust wie ein Hürdenläufer, Lauf und Sprung und Sprung und Lauf, nur um plötzlich wie vor Erschöpfung zu erstarren, Gott sei Dank nur für den Bruchteil einer Sekunde. Eine winzige Zeitspanne, und doch lange genug, um Palutis zu ängstigen. Aber er würde dieser Angst nicht erlauben, Macht über ihn zu gewinnen. Er würde ihr entgegentreten wie David Goliath entgegen getreten war, furchtlos und bereit zum Kampf. So hatte er es immer getan, so hatte er immer alles erreicht, was zu erreichen er sich vorgenommen hatte, einschließlich seines Richterstuhls.

Palutis hatte Jahrzehnte gebraucht, um sich diesen Platz zu sichern. So leicht und widerstandslos würde er ihn nicht hergeben. Schon gar nicht wegen dieses hochnäsigen Kerls.

Nicht, dass der Angeklagte frech oder ausfallend geworden wäre. Ganz im Gegenteil. Er verfolgte die Verhandlung so gefasst, als ginge es in Wirklichkeit gar nicht um ihn. Teilnahmslos, dachte Palutis, korrigierte sich aber sofort. Denn natürlich zeigte der Angeklagte Gefühlsregungen. Nur waren die nicht so, wie Palutis sie bei Männern in der Situation des Angeklagten kannte. Er hatte Wutausbrüche miterlebt und handgreiflichen Widerstand, Mitleid heischende Rechtfertigungs- und Erklärungsversuche, auch zerknirschte Entschuldigungen, tränenreiche Reue. Doch der Mann auf der Anklagebank zeigte nur eine Art souveräner Präsenz, die Palutis reizte. Er wusste selbst nicht, warum.

Es gab keinen Grund, diese Geschichte persönlich zu nehmen. Schließlich hatte er nichts mit dem Angeklagten zu tun, außer natürlich, dass er über ihn ein Urteil zu fällen hatte. Das war sein Beruf. Zu richten war für ihn längst zur Routine geworden, obwohl er zugeben musste, dass er es mal mit schwererem, mal mit leichterem Herzen tat. Aber was sein Herz jetzt veranstaltete ...

Palutis musste sich beherrschen, um nicht die Fassung zu verlieren. Anstatt seine Faust gereizt auf den Richtertisch niedersausen zu lassen, löste er seine Finger und legte sie auf seine Robe, genau auf die Stelle, unter der sein Herz unregelmäßige Sprünge vollführte.

Warum ließ er sich bloß von diesem Mann provozieren? Warum hatte er nicht längst diese leidige Geschichte abgeschlossen, wo doch laut Beweislage alles klar war?

Was die Staatsanwaltschaft dem Angeklagten zur Last legte, war keine Kleinigkeit. Über 200 Morde, genau genommen 249, die ungeklärten nicht einmal mitgerechnet. Aber alle anderen hatte Palutis in ihrer ganzen Grausamkeit offen gelegt. Und da maßte sich dieser ...

dieser … Hochstapler immer noch an … Wie viel Verhandlungstage würde es denn noch brauchen, bis er endlich …

Plötzlich wusste Palutis, warum er diesen Fall nicht so einfach abschließen konnte. Er wollte ein Geständnis, und er wollte die Gründe wissen.

Nach seinen Motiven befragt, hatte der kleine Mann jedoch nur erklärt, er habe die Menschen nicht alleine lassen wollen. Als ob das eine vernünftige Erklärung wäre. Palutis war davon überzeugt, dass ohne die Anwesenheit des Angeklagten noch jedes der Opfer leben würde.

„Nein", hatte der kleine Mann ihm widersprochen, „ohne mich wären sie bloß einsam gegangen."

Als ob das eine relevante Aussage gewesen wäre … Palutis schnaubte verächtlich. Er musste der Sache auf den Grund gehen. Er wollte die Wahrheit wissen.

Doch bisher hatte der Mann nichts weiter offenbart. Mit keinem Wort hatte er sich zu den Tathergängen geäußert. Seine einzige Reaktion, als die Anklage gegen ihn verlesen worden war, war ein erstauntes Kopfschütteln gewesen, so als wundere er sich darüber, dass man ihn verdächtige. Verkannt, ja genau, offensichtlich fühlte er sich verkannt und zu Unrecht angeklagt. Aber warum sagte er dann nichts?

Palutis schloss für einen Augenblick die Augen.

Doch, gerade eben hatte der Mann sich geäußert. Aber wozu?

Palutis Herz hämmerte auf ihn ein wie ein Specht auf einen morschen Baumstamm. Es war ihm, als würde es ihn durchlöchern, bis sein Innerstes vor aller Augen bloßläge. Beklommen presste Palutis seine Hand fester auf seine Brust.

Nimm dich zusammen, redete er sich selber zu, bevor er seine Augen öffnete. Er zwang sich, seiner Stimme einen festen Tonfall zu geben, während er sich dem Angeklagten zuwandte.

„Wiederholen Sie bitte ihren letzten Satz", forderte er ihn auf.

Der Mann antwortete geduldig.

„Wenigstens in diesem Punkt werden Sie mir doch zustimmen?"

„In welchem?"

Plötzlich senkte sich Müdigkeit über Palutis.

Wie gerne wäre er jetzt woanders, vielleicht zu Hause, vielleicht auch schon in den Bergen, irgendwo weit oben, wo er alles andere unter sich lassen könnte.

Nur noch ein paar Tage, tröstete er sich, dann würden er und seine Frau zu einem Kurzurlaub in die Schweiz aufbrechen, zwar nur über Ostern. Aber Palutis freute sich trotzdem darauf. Die Feiertage standen kurz bevor. Palutis hatte das über diesem leidigen Fall beinahe vergessen.

„Jeder muss sterben", sagte der Angeklagte ruhig.

Erschrocken fuhr Palutis zusammen.

„Wie bitte?", herrschte er den Mann an.

„Ich meine, Sie werden mir sicher darin zustimmen, dass jeder einmal stirbt."

„Kein Grund, nachzuhelfen", knurrte Palutis gereizt.

„Nein, sicher nicht", gab der Mann bereitwillig zu, was Palutis sofort besänftigte. Der Richter kannte diesen Tonfall. Normalerweise leitete er ein Geständnis ein.

War der Mann also endlich mürbe geworden? Hatte sich das Warten gelohnt?

Ein Richterspruch ist immer leichter zu fällen, wenn der Angeklagte geständig ist. Das Urteil ist dann weniger von Auslegung oder Sichtweise abhängig. Palutis bevorzugte den eindeutigen Weg. Deshalb beugte er sich jetzt gespannt nach vorne.

Aber der Angeklagte verlagerte das Gewicht seines Kopfes nur ein wenig auf die andere Seite. Ungeduldig wedelte Palutis mit seiner linken Hand. Die rechte lag immer noch auf seinem Herzen.

„Weiter", forderte er den Angeklagten auf.

Doch der schwieg. Nur sein Blick wanderte traurig von Palutis Gesicht auf seine rechte Hand herunter. Wie ertappt zog Palutis sie von seiner Robe und legte sie auf die Akten, die sich auf dem Tisch vor ihm stapelten. Dann schloss er, einer plötzlichen Eingebung folgend, die Verhandlung.

„Ich vertage auf den 19. April", bestimmte er, klaubte die Papiere zusammen und klemmte sie sich unter den linken Arm. Er erhob sich und rauschte aus dem Gerichtssaal.

Palutis seufzte. Bis er gezwungen sein würde, sich wieder mit diesem verstockten Kerl auseinander zu setzen, läge Ostern längst hinter ihm.

„Dieser Fall lässt dir keine Ruhe, nicht wahr?"

Palutis Frau Irene stemmte ein Knie auf den Koffer, den sie vor dem Bett auf den Boden gelegt hatte, ließ die Verschlüsse zuschnappen und zurrte zur Sicherheit noch einen Gurt um die Koffermitte. Ihr Mann saß, schon im

Schlafanzug, auf der Bettkante. Auf seinen Knien, auf dem Boden vor ihm, sogar auf Decke und Kissen hatte er seine Unterlagen ausgebreitet. Zerstreut hob er den Kopf und schaute in Irenes besorgtes Gesicht.

„Du solltest Schluss machen“, riet sie ihm, „wir müssen morgen früh raus. Der Zug fährt . . .“

„Ja, ja“, unterbrach er sie, „8.19 Uhr.“

Irene seufzte. „Denk an dein Herz.“

Aber ihr Mann reagierte nicht. Achselzuckend wandte Irene sich um und verschwand im Badezimmer. Als sie zurückkam, nach Nachtcreme und Zahnpasta duftend, fand sie Palutis immer noch in seine Papiere vertieft vor. Wortlos kroch sie auf ihrer Bettseite unter die Decke, knipste die Nachttischlampe aus und rollte sich zusammen. Sie schlief augenblicklich ein.

Palutis jedoch fand in dieser Nacht keine Ruhe. Er konnte sich einfach nicht von Gesetzestexten, Begründungen und dieser fürchterlichen Anklageschrift losreißen.

Beinahe 37 Jahre war Palutis nun als Jurist tätig, neun davon als Richter. Aber ein Fall von derart hochmütiger Hinterhältigkeit war ihm während seiner gesamten Laufbahn noch nicht untergekommen. 249 Morde, das musste sich mal einer vorstellen!

Palutis fragte sich, wie ein noch so relativ junger Mensch das geschafft haben mochte. Er begann zu rechnen: Bei einem Mord pro Woche kam man leicht auf etwas weniger als fünf Jahre, was durchaus realistisch war, wenn man davon ausging, dass der Angeklagte etwa im Alter von Mitte oder Ende 20 mit seiner grausamen Tätigkeit begonnen hätte, pünktlich nach Abschluss seines

Medizinstudiums. Als Motiv könnte ein Gefühl der Allmacht herhalten, das der Angeklagte vielleicht empfunden haben mochte. Eingestanden hatte er das zwar nicht, aber so etwas kennt man ja ... Kaum haben sie ihre Zulassung in der Tasche, schon schwingen sie sich zu Herren über Leben und Tod auf ... Was für ein Hochmut ...

Palutis schloss erschüttert die Augen. Doch rasch schüttelte er seine Gedanken ab. Er verwarf sie sofort. Denn natürlich waren sie alle nur Spekulationen. Es gab ja nicht einmal einen Beweis dafür, dass der Mann überhaupt Arzt war. In keiner medizinischen Fakultät hatte man seinen Namen ausfindig machen können, nicht einmal in den Einwohnermeldeämtern der Städte, in denen die Morde passiert waren.

Es gab nur die Toten.

Die Opfer waren meistens ältere Patienten gewesen, auch ein paar Jugendliche, sogar einige Kinder. Ihnen allen war gemeinsam, dass sie an keinen schweren Krankheiten gelitten hatten. Bei einigen ergab sich nach der Autopsie sogar, dass sie kerngesund gewesen waren. Bei ihnen stellte sich die Todesursache vordergründig wie ein Unfall dar.

Überfahren ... von großer Höhe gestürzt ... Sportunfälle ... zählte Palutis im Geiste auf. Bei den normal erscheinenden Todesfällen schien es sich um plötzliches Versagen irgendwelcher innerer Organe zu handeln, wie zum Beispiel Aussetzen der Lungenfunktion oder Herzstillstand.

Herzstillstand.

Erschrocken tastete Palutis seine linke Seite ab. Doch sein Herz schlug so gleichmäßig wie ein Uhrwerk.

Und neben Palutis atmete seine Frau Irene.

Morgen würde Palutis mit ihr zusammen seinen wohlverdienten Kurzurlaub antreten. Alles war in bester Ordnung. Warum fand er trotzdem keine Ruhe?

„Daran ist nur dieser kleine verlogene Kerl schuld", schimpfte er leise vor sich hin, „der kriegt lebenslänglich, wenn möglich, sogar mehr ..."

Erschöpft sank Palutis in sein Kissen zurück. Papier knisterte. Die Leselampe malte gespenstische Kringel an die Decke. Palutis starrte hinauf. Er konnte seinen Blick nicht von ihnen lösen.

Plötzlich tauchte aus Lichtpünktchen heraus das Gesicht des kleinen Mannes auf. Erschrocken öffnete Palutis Mund sich zu einem lautlosen Schrei.

„Geh weg, ich habe nichts mit dir zu tun ..."

„Aber ich bin der Herr über ..."

„... über Leben und Tod?", fuhr ihm Palutis scharf dazwischen.

Traurig schaute der Mann auf den Richter herunter. Palutis schien es, als blicke er ihm mitten ins Herz.

„Als ob dich mein Herz interessiert", stöhnte er erbittert.

„Du weißt, dass du mir wichtig bist", sagte der Mann.

„Gar nichts weiß ich, außer dass du ein Mörder bist. Und jetzt kommst du zu mir", keuchte Palutis.

„Es ist nicht alles so, wie es scheint", antwortete ihm der Mann.

„Bring mir Beweise" schrie Palutis.

„Glaub mir, du wirst die Wahrheit erkennen." „Was ist Wahrheit?"

Schweißnass fuhr Palutis hoch.

Vom Schlaf zerdrücktes Papier raschelte auf seinem Kissen. Das Lampenlicht zerfloss golden in den Strahlen der aufgehenden Sonne. Die Zeiger des Weckers standen auf 6.23 Uhr. In knapp zwei Stunden würde ihr Zug fahren.

Die ganze Fahrt über hatte Irene sich gesorgt. Ihrem Mann war es am Morgen ihrer Abreise nicht gut gegangen. Aber je weiter sie sich von zu Hause entfernt hatten, umso mehr war Palutis aufgelebt. Die bläulichen Schatten auf seinen Wangen waren einem frischen, rosigen Schimmer gewichen, seine Augen hatten ihren alten Glanz wieder gefunden. Als sie ihren Urlaubsort, ein beschauliches Dörfchen in der Nähe von Luzern, erreichten, war er sogar in der Lage gewesen, alleine die Koffer vom Taxi bis in ihre Pension zu tragen. Irene hatte erleichtert aufgeatmet.

Die Tage waren sonnig und sorglos verstrichen. Am Ostersonntag waren sie auf ihrem Morgenspaziergang zwar von einem Regenschauer überrascht worden. Aber sie hatten Zuflucht in einer Kirche gefunden, wo die Dorfbewohner gerade ihren Ostergottesdienst feierten. Irene und ihr Mann waren nicht bis zum Ende geblieben, denn die Regenwolken waren so schnell wieder davongeweht wie sie gekommen waren. Irene hatte sofort ins Freie gedrängt. Palutis war ihr nur zögernd gefolgt. Immer wieder hatte er sich umgedreht und mit den Augen den Altarraum abgesucht, so, als habe er ein bekanntes Gesicht entdeckt.

Das passierte Palutis oft. Egal wo er sich aufhielt, ob im Urlaub oder auf Bildungsreisen, immer wieder traf er

Menschen, die ihn von irgendwelchen Prozessen her kannten. Palutis war schließlich nicht irgendwer ... dachte Irene stolz. Aber sicher hatte er sich diesmal getäuscht. Schließlich waren sie hier in der Schweiz und viel zu weit weg von zu Hause. Wenn Palutis aber doch jemanden entdeckt hatte, so war der vermeintliche Bekannte längst zwischen den anderen Gottesdienstbesuchern verschwunden. Palutis jedenfalls hatte sich plötzlich fast ein bisschen ärgerlich umgewandt und war hinter Irene her nach draußen gestapft.

Nach dem Schauer hatte sich der Himmel tief und verheißungsvoll geöffnet, und so war es den ganzen Urlaub über geblieben. Auch heute, an ihrem letzten Tag, schien die Sonne.

Die Luft war mild, von den Hälsen der Kühe bimmelten die Glocken, Bienen summten. Ein Bach plätscherte, die Tannen wiegten sich im Wind, der von den Hängen herabstrich.

Palutis wirkte entspannt und kräftig.

So beschloss Irene, dass es nicht schaden könne, zum Abschluss ihres Urlaubs ihren Hausberg zu besteigen. Sie freute sich auf den weiten Blick, den sie von dort genießen würden. Wenn sie wieder in ihrem Alltag steckten, wäre er eine schöne Erinnerung an ein paar unbeschwerte Tage.

Palutis stimmte ihrem Vorschlag begeistert zu.

Von ihrer Wirtin ließen sie sich ihre Rucksäcke mit einem reichhaltigen Lunch-Paket vollpacken. Dann banden sie sich ihre Anoraks um die Hüften, zogen die Schnürsenkel ihrer Wanderschuhe fest und stiefelten im hellen Morgenlicht los.

Bis zum Mittag hatten sie ihr Ziel erreicht.

In der Nähe des Gipfels lag einsam in einer Wiesenmulde eine Hütte. Ohne Wegweiser hätte man sie leicht verfehlen können. Offensichtlich kehrten nicht viele Wanderer hier ein. Der Gastbetrieb schien geschlossen. Jedenfalls saß niemand unter den blauweißen Sonnenschirmen, die die Tische auf der Terrasse vor dem Haus beschatteten. Irene und Palutis schlenderten an Tischen und Schirmen vorbei bis zur Hütte. Dort machten sie Halt und schauten durch eines der winzigen Fenster in den Schankraum. Auch der war leer. Nur hinter der Theke stand ein kleiner Mann und füllte eine silbrige Flüssigkeit in Flaschen. Als er die beiden am Fenster bemerkte, legte er seinen Kopf ein wenig auf die Seite und blickte sie aus großen Kinderaugen an.

Palutis spürte, wie sein Herzschlag für den Bruchteil einer Sekunde aussetzte. Im nächsten Augenblick galoppierte es so los, dass er instinktiv seine Hand auf die Brust presste. Benommen taumelte er gegen die Hüttenwand.

Selbst wenn Irene schnell genug reagiert hätte, sie hätte ihn nicht halten können. Schon sackte ihr Mann zu Boden. Zusammengekrümmt, die Augen starr in den Himmel gerichtet, lag er vor ihren Füßen.

Plötzlich ging alles sehr schnell.

Ängstlich beugte Irene sich zu ihrem Mann herunter. Der Wirt, der von drinnen alles beobachtet hatte, stürzte heraus. Sofort erfasste er die Situation.

„Legen Sie ihm die Beine hoch“, befahl er, „ich rufe Hilfe.“ „Wie denn? Haben Sie etwa …“, schrie Irene verzweifelt.

„Wir haben hier oben alle Telefon“, versuchte der Mann sie zu beruhigen, bevor er wieder in der Hütte verschwand.

„Es wird nicht lange dauern.“

Wie lange lag er schon hier? Und wie war er hergekommen?

Nimm dich zusammen, redete Palutis sich zu, bevor er seine Augen öffnete. Überall blau. Der Himmel senkte sich auf ihn nieder, floss an seinen Seiten herab und umspülte seinen Körper wie warme Strudel. Palutis hatte das Gefühl, zu schwimmen.

In seinen Ohren rauschte ein Wasserfall. Wie aus weiter Ferne schwappten Stimmen heran. Eine davon war die von Irene. Sie weinte. Dazwischen eine andere, fremde ... Ein Arzt, schoss es Palutis durch den Kopf, sie haben einen Arzt geholt.

Aufgeregte, hektische Geschäftigkeit drang zu ihm wie durch Nebel, der sich jedoch allmählich wie vor einem Unwetter verdichtete, bis er jedes Geräusch verschluckt hatte. Um Palutis breitete sich beunruhigende Stille aus.

Nur der Strom zerrte noch gurgelnd an ihm und drohte, ihn mitzureißen. Wohin? Angstvoll stemmte Palutis sich gegen ihn. Doch seine Kraft hatte ihn längst verlassen. Er konnte nichts tun, als die silbrigen Wellen ihn emporhoben. Mit weit geöffneten Augen überließ Palutis sich ihnen.

Plötzlich schob sich ein Gesicht vor das Blau über ihm. Erschrocken erkannte Palutis den kleinen Mann aus dem Gerichtssaal.

Es war der Mörder ...

Der Mann beugte sich über ihn. Traurig blickte er zu Palutis herunter.

„Es ist nicht alles so, wie es scheint“, flüsterte er, „glaub mir doch: Ohne mich müsstest auch du einsam gehen.“

Palutis lachte bitter.

„Dann bist du also der Tod?“, stieß er hervor.

„Nein“, antwortete ihm der Mann, „sondern ich bin der, der das Leben gibt ...“

Plötzlich strahlte Licht auf seinem Gesicht. Es war das erste Mal, dass Palutis ihn lächeln sah.

Was wäre, wenn der kleine Mann die Wahrheit sagte? Gegen alle Vernunft und alles bessere Wissen? Es gab keine Beweise, keine Papiere, keine Zulassungen. Stattdessen war er des Mordes angeklagt. Aber was wusste Palutis schon?

„Ich bin gekommen, um die Wahrheit zu bezeugen“, sagte der kleine Mann freundlich.

„Was ist Wahrheit?“, stöhnte Palutis.

Er war Richter. Sein ganzes Leben hatte er nichts anderes getan, als nach der Wahrheit zu suchen. Doch die einzige Erkenntnis, die Palutis jemals eindeutig und klar aufgegangen war, war die, dass sein Leben an einem Punkt angelangt war, von dem es kein Zurück mehr gab. Palutis wusste, dass er starb, allein und ohne Hoffnung, irgendwo auf einem Berg nahe dem Himmel. Verzweiflung überschwemmte ihn wie eine riesige Welle. Doch so, wie man einem Ertrinkenden einen Rettungsring entgegenwirft, streckte der kleine Mann seine Arme nach ihm aus. Palutis zögerte immer noch. Konnte er dem Mann vertrauen, wo er noch nicht einmal wusste, wer er in Wahrheit war?

„Ich bin die Auferstehung und das Leben", sagte der Mann.

Da endlich überließ Palutis sich seiner Umarmung.

# II.

*Und das Volk stand da und sah zu. Aber die Oberen spotteten und sprachen: Er hat anderen geholfen, er helfe sich selber, wenn er der Christus ist, der Auserwählte Gottes. Es verspotteten ihn auch die Soldaten, traten herzu und brachten ihm Essig und sprachen: Bist du der Juden König, so hilf dir selbst. Es war aber über ihm eine Aufschrift: Dies ist der Juden König.*

*Als Judas, der ihn verraten hatte, sah, dass er zum Tode verurteilt war, reute es ihn, und er brachte die dreißig Silberlinge den Hohen Priestern und Ältesten zurück und sprach: Ich habe Unrecht getan, dass ich unschuldiges Blut vergossen habe. Sie aber sprachen: Was geht uns das an? Da sieh du zu! Und er warf die Silberlinge in den Tempel, ging fort und erhängte sich.*

Nein, diesmal wirst du mich nicht abhalten können, schon deshalb nicht, weil es dich nicht mehr gibt. Du bist tot, unwiederbringlich und endgültig. Du bist gestorben, wie jeder andere Mensch auch ... Was ist besonderes dabei? Aus deinen Versprechungen vom ewigen Leben ist nichts geworden. Wie soll so etwas auch funktionieren?

Damals hast du es prima inszeniert, damals warst du kurz davor. Aber dann ... Dein Königreich war wie ein Traum, deine Majestät ein Mythos. Doch was hat es genützt? Jetzt ... jetzt bist du doch dort angekommen, wohin wir alle einmal gehen müssen. Es ist nur eine

Frage der Zeit, bis mich dasselbe Schicksal trifft. Warum sollte ich darauf warten? Ich werde meinem Leben selber ein Ende machen. Es ist mir Ernst damit. Ich habe mir die Sache gründlich überlegt, wirklich … Niemand, nicht einmal du, könntest behaupten, ich reagiere in einer Art Kurzschlusspanik. Schließlich hatte ich Zeit genug, meine Entscheidung zu treffen.

Immerhin waren es drei Jahre, in denen ich beobachten, prüfen und abwägen konnte. Es war nicht so gelaufen, wie ich es mir gewünscht hatte. Nein, unter einem König stellt man sich etwas anderes vor. Ein König hat prunkvoll und majestätisch daherzukommen, mindestens herrschaftlich, aber ganz sicher nicht so … nun … so heruntergekommen wie du, so erschreckend normal.

Drei Jahre galtest du als einer von uns, nicht mehr und nicht weniger. Trotzdem bin ich dir gefolgt.

Normalerweise gehe ich durchaus sachlich und distanziert mit Menschen und Situationen um und bin damit nicht schlecht gefahren. Doch da war etwas in der Art, wie du mich anblicktest, wie du deine Hand auf meine Schulter legtest, nicht bindend, nicht drängend, sondern freundlich, ich möchte es beinahe liebevoll nennen, obwohl ich, wie du sehr wohl weißt, nicht zu solch pathetischen Ausdrücken neige. Aber du hattest es geschafft, mich mitzureißen, mich zu begeistern. Du hast meine Fassade aufgebrochen, bis ich mich selber kaum wieder erkannte. Da war so etwas Anziehendes, Unwiderstehliches an dir, das selbst mir vor Freude das Blut in den Kopf schießen ließ, so oft du mich bei meinem Namen riefst.

Kein Wunder also, dass auch ich meine Zurückhaltung aufgab und dir folgte. Ich habe genauso wie die anderen an dich geglaubt, habe gehofft und gewartet, dass das Blatt sich endlich wendet ...

Doch dann dieser entsetzliche Tag. Schon da stand ich kurz davor, mir schnell und ohne Aufsehen ein Ende zu bereiten. Die größere Enttäuschung wäre mir erspart geblieben, wenn ich den Mut aufgebracht hätte. Jetzt brauche ich ihn nicht mehr. Denn Gleichgültigkeit ist an die Stelle der Todesangst getreten. Was soll mir jetzt noch das Leben? Nach allem, was passiert ist, schmerzt mich jeder Atemzug und ich sehne mich danach, dir auch nun zu folgen an den dunklen Ort, wohin du mir vorangegangen bist. Schlimmer als das Leben ohne Zukunft und Hoffnung kann es dort nicht sein.

Nein, versuche nicht, mich noch einmal abzuhalten. Noch jetzt höre ich deine leise Stimme, obwohl ich mir sicher bin, dass du in deiner Höhle für immer schweigen wirst.

Schade um die schönen Worte, um die großen Taten. Wie viele Menschen hast du durch sie verändert. Wie vielen hättest du noch helfen können bis weit in die kommenden Jahre hinein, vielleicht Jahrhunderte? Vielleicht sogar Jahrtausende? Du hattest Kraft genug. Dein Einfluss hätte über zeitliche und räumliche Grenzen reichen können. Aber nun ist alles aus ...

Die Erinnerung versucht selbst jetzt noch, mir anderes einzureden. Aber ich habe die Selbsttäuschungen und Lebenslügen satt. Meinetwegen sollen die anderen weiterhin so tun, als sei dein Leben zu Höherem ausersehen gewesen. Mittlerweile weiß ich es besser: Dein

Wirken war wohl nicht mehr als eine lehrreiche Metapher.

Wärest du bloß konsequent geblieben. Vielleicht wäre doch eingetreten, was ich damals nicht glauben konnte. Vielleicht wäre meine Hoffnung nur ein paar Tage nach deiner Hinrichtung wieder auferstanden, so wie du es versprochen hast …

Immer noch fällt es mir schwer, darüber zu reden. Doch was gibt es jetzt noch zu verbergen? Alle Welt weiß längst, dass ich dich verraten habe. Nicht aus Böswilligkeit, das kannst du mir glauben. Ich habe dich genauso geliebt wie die anderen. Ich war nur ein klein wenig entschlossener als sie. Einer musste ja nachhelfen. Und wie anders hätte ich es einrichten sollen? Es war ja schon nicht mehr mit dir zu reden. Dabei wollte ich doch nur, dass du endlich deine Macht und Größe, deine Stärke offenbarst. Schließlich haben wir erlebt, wie du Kranke, denen niemand mehr eine Chance gab, heiltest. Deinen Freund Lazarus hast du sogar aus dem Grab herausgerufen, vier Tage, nachdem seine Schwestern ihn beerdigt hatten. Ich fand, es war an der Zeit, dass du dich endlich als der zeigtest, der du warst …

Deshalb war ich längst nicht so erschrocken wie die anderen, als sie tatsächlich kamen, um dich zu holen.

Der Abend war lau. Der Ölberg lag silbern im Mondlicht. Die alten Bäume schimmerten und ihre Blätter sangen leise im Wind. Friedlich hätte es sein können, wenn du nur nicht … Herr Gott noch mal, dein Jammern war kaum auszuhalten … Dabei musstest du doch gewusst haben, dass alles nur Komödie ist, ein Täuschungsmanöver, ein Spiel, um die Menge zu beeindrucken ... Aber du lagst am Boden wie zerstört, hast gestöhnt und den Himmel angefleht. Dein Angstschweiß verpestete die Luft. Dabei gab es keinen Grund, sich zu fürchten. Schließlich warst du der König, sogar mehr als das ... Du hast es uns oft genug gelehrt. Jedenfalls müssen die anderen elf davon ebenso überzeugt gewesen sein wie ich. Wie hätten sie sonst so seelenruhig unter den Ölbäumen schlafen können? Die einzige Erklärung ist, dass sie sich in deiner Gegenwart sicher fühlten. Mit dir konnte ihnen nichts passieren, und dass dir etwas zustoßen könnte ... nein, das war unvorstellbar. Unsere Priester und Oberen hatten dir schon oft genug gedroht. Aber du hast dich immer elegant aus der Affäre gezogen. Selbst die Naturgewalten haben dir nichts anhaben können, Wind und Wellen hast du geboten und sie gehorchten dir, Krankheit und Tod waren dir untertan. Warum also sollten unsere Freunde wachen?

Ich war der Einzige.

Ich habe deine Angst gesehen und deine Einsamkeit. Und ich sah auch als erster die Soldaten. Natürlich hatte ich mit ihnen gerechnet, denn ich hatte ihnen gesagt, wo du zu finden warst. Aber du wusstest auch, dass sie kommen würden. Das kannst du nicht leugnen, so wie du ihnen entgegengetreten bist, gefasst und aufrecht, souverän und endlich wahrhaft königlich. Glaub mir, da musste ich dich einfach küssen. Und du weißt, es sollte nicht ein Kuss des Verrats sein, sondern einer der Ehrerbietung. Denn jetzt endlich würdest du deine Majestät zeigen. Und ich wäre der Erste gewesen, der sich vor dir gebeugt hätte ...

Aber dann hast du mich tödlich erschreckt. Du hast es zugelassen, dass sie dich zwischen sich nahmen wie einen

Verbrecher. Plötzlich fanden wir uns allein in dem nächtlichen Garten. Kannst du dir überhaupt unsere Sorge vorstellen? Unsere Verzweiflung und Niedergeschlagenheit? Ratlos, mit hängenden Köpfen saßen wir da. Was sollte nun aus uns werden?

Petrus war der erste, der sich aufraffte. Leise wie ein Dieb schlich er hinter dir und den Soldaten her ... Ich war der Zweite.

Ich habe keine Ahnung, was aus den anderen wurde. Wahrscheinlich waren sie geflüchtet wie die Hasen ... Typisch für sie ... So waren sie schon immer gewesen: schnell zu begeistern, aber in ihren Herzen verzagt und kleingläubig.

Petrus war der Mutigste von ihnen, aber längst nicht mutig genug. Eingegriffen hat er nicht. Nur ich ... Ich war der Einzige, der die Sache vorantrieb.

Gut, ich gebe zu, auch mich überfiel die Hoffnungslosigkeit. Du hast meine Erwartungen enttäuscht, als du dich nicht wehrtest. Du bist einfach mit ihnen gegangen. Ich habe es nicht verstanden, und ich war genauso bodenlos verzweifelt wie die anderen, sogar noch mehr als sie, wo ich doch annehmen musste, ich sei schuld an deinem Untergang ... Das hatte ich nicht gewollt. Ehrlich, ich hatte dir helfen wollen ... Und nun das.

Da kam mir das erste Mal der Gedanke, nicht mehr leben zu wollen. Der Strick, der mein Gewand in der Mitte zusammenhielt, würde reichen. Es würde ganz leicht sein.

Ja, du hast Recht, zu dem Zeitpunkt wäre es eine Affekthandlung gewesen. Ich war schon auf dem Weg ... Nur wenige Schritte vor dem Baum ...

Da hörte ich deine leise Stimme.

„Vertraust du mir nicht?“, fragtest du.

Plötzlich erkannte ich wie eine Offenbarung deinen Plan.

Sollten die anderen denken, was sie wollten, du und ich, wir wussten Bescheid ... Plötzlich wusste ich, dass du siegen würdest und ich, ich würde dir dabei helfen ... auch wenn alle anderen dich verließen.

Ich weiß, dass Petrus ähnlich dachte wie ich. Immerhin hat er versucht, in deiner Nähe zu bleiben. Aber mir war von Anfang an klar, dass wir von ihm keine Unterstützung erwarten konnten. Er mit seiner großen Klappe ... der Angeber und Möchtegern ... Bei der erstbesten Gelegenheit würde er kneifen. So blieb also nur noch ich übrig.

Entschlossen schlang ich den Gürtel um meinen Mantel und schlich mich, geschützt vom Dunkel der Nacht in die Stadt. Bis zum Morgen hatte ich dich schon wieder gefunden.

Es muss so ausgesehen haben, als ob ich gegen dich gewesen wäre. Aber du weißt, dass das nicht stimmt. Du weißt, wie es mir ins Herz schnitt, als sie dich in aller Öffentlichkeit schlugen und bespuckten, als sie dich beschimpften und verspotteten. Trotzdem habe ich weiter an dich geglaubt. Ich war der Einzige, der wusste, dass du der König bist.

Deine Augen konnten noch nie lügen, und deine Souveränität ... Wie du ihnen zu antworten und im rechten Moment zu schweigen wusstest, wie du dich trotz der Schmerzen nicht beugtest ... Da wurde mir schlagartig klar, dass dies alles zu deiner Rolle gehörte.

Du hast sie fabelhaft gespielt. Denn natürlich würde deine Macht sich nur steigern, je mehr du sie bloßstellen und beschämen würdest. Dein Ziel konnte es nur sein, deine Gegner noch fester in die Hand zu bekommen. Doch der Zeitpunkt war noch nicht gekommen ...

Die Spannung wuchs fast ins Unerträgliche.

Es war kurz vor dem Passahfest. Die Menschen drängten sich in den Straßen und auf den Plätzen, gierig nach Belustigung und Sensation. Diesen günstigen Umstand galt es auszunutzen. Aber wie? Wie hätte ich dir helfen können?

Doch natürlich brauchte ich mich nicht zu sorgen. Offensichtlich hattest du alles bestens geplant und vorbereitet. Denn plötzlich bekamst du deine Gelegenheit. Soldaten stießen dich vor die Menge. So viel Publikum ... Mehr noch als damals, als du auf dem Berg zwischen Kapernaum und Tiberias deine berühmte Rede hieltest ...

Glaub mir, da hätte ich beinahe meine Gewissheit laut herausgelacht.

Ich weiß nichts von deiner Begegnung mit dem Statthalter Pilatus. Unsere Religionsführer hatten dich vor ihn geschleppt, um endlich das Todesurteil gegen dich durchzusetzen. Wie müssen sie dich gehasst haben. Und wie verunsichert muss Pilatus gewesen sein ... so wie sie ihn zwischen zwei Stühle setzten ... Er war dafür verantwortlich, Unruhen in der Provinz zu vermeiden. Du aber hattest reichlich für Aufsehen gesorgt. Trotzdem stufte Pilatus dich wohl nicht als Kriminellen ein. Doch da man dich des Hochverrats anklagte, musste er irgendwie gegen dich vorgehen. Seine Loyalität dem Kaiser in Rom gegenüber verbot es ihm, dich als Spinner abzutun oder dich einfach gewähren zu lassen. Schließlich warf man dir vor, du hättest dich als neuer König aufgespielt.

Diesen Zwiespalt, in den Pilatus hineingeraten war, hast du geschickte ausgenutzt. Ich weiß nicht, wie, aber du hast es geschafft, Pilatus in deinem Sinn zu beeinflussen. Oh, ja, du warst schon immer ein Menschenkenner. Du wusstest wie kein anderer, wie man mit den Menschen umzugehen hat. Es war höchste Zeit, dieses Wissen für deine Zwecke zu nutzen. Mir blieb nichts anderes übrig, als dich nach Kräften zu unterstützen.

Ich drückte mich noch in der Menge herum, als Soldaten dich herausführten. Das Blut an deinem Körper, dein gesenkter Blick, die herabgefallenen Schultern zeigten mir deutlich, dass du vorhattest, die Sache auf die Spitze zu treiben. Deshalb war ich auch einer der Ersten, der gegen dich schrie.

Mit dir zusammen hatten sie noch einen Mann der Menge preisgegeben, Barabas, den Mörder. Ihn oder dich? Der Mob sollte entscheiden.

Ha ... als ob Pilatus so seine Verantwortung hätte abwälzen können.

Als er fragte, über welchen er das Todesurteil sprechen sollte, hielt ich für einen Moment den Atem an. Doch meine Sorge war auch diesmal unbegründet. Wie gut musst du nicht nur Pilatus, sondern auch alle anderen Menschen durchschaut haben. Dir muss klar gewesen sein, dass sie sich für dich entscheiden würden.

Und ich habe sie nach Kräften angeheizt, habe bis zur

Heiserkeit das „Kreuzige ihn!“ gebrüllt und erst aufgehört, als Pilatus endlich nachgab.

Jetzt, dachte ich, jetzt wirst du ihnen zeigen, wer du wirklich bist . . .

Aber deine Ausdauer war grenzenlos.

Schreckliches hast du mir noch zugemutet. Ich musste mit ansehen, wie sie dir den Balken auf die Schulter luden, wie sie dich durch die menschengesäumten Straßen hinaus vor die Stadt prügelten hinauf auf den Berg, den wir Schädelstätte nennen.

Sie fühlten sich schon als die Sieger. Ihr Spott und ihr Hohnlachen bewiesen es, und auch die Hochmütigkeit, mit der sie dir die Nägel durch Hände und Füße trieben.

Dann richteten sie das Kreuz auf.

Jetzt, hoffte und betete ich, jetzt, Herr, oder wie lange willst du mich noch prüfen? Weißt du nicht, dass ich immer noch zu dir halte? Keiner hat es so lange bei dir ausgehalten, keiner, außer ein paar Frauen, vielleicht noch dein Freund Johannes. Aber sicher war er nicht aus freien Stücken zu deiner Hinrichtung erschienen. Sicher hatten die Frauen ihn angeschleppt, so willenlos und gefügig, wie er war . . . Nicht einmal gegen sie hat er sich durchsetzen können, obwohl seine Angst groß gewesen sein muss. Ich sehe noch heute seine aufgerissen Augen vor mir, voller Entsetzen und Unverständnis wie die eines Kindes.

Ich selber ließ mich natürlich nicht blicken. Ich hielt mich im Gebüsch verborgen, bereit, im entscheidenden Augenblick hervorzubrechen. Jetzt konnte es nicht mehr lange dauern. Du sahst schon so kraftlos aus, beinahe wie tot, deine Stimme ein Röcheln und dein Blick so trüb.

Wenn du nicht bald den entscheidenden Schlag tun würdest ... Der Spott der Umstehenden wuchs bis zur Unverschämtheit.

„Hilf dir selbst“, kreischten sie, „steig vom Kreuz, so wollen wir glauben, dass du der bist, für den du dich ausgibst.“

Auch einer, der mit dir hingerichtet worden war, verhöhnte dich. Vielleicht aus Verzweiflung, vielleicht weil er hoffte, so die Sympathie deiner Peiniger zu bekommen, die ihm zu einem gnädigeren Tod verhelfen würde. Vielleicht stachelte er dich aber auch nur an. Solltest du nämlich doch ein König sein und in der Lage, dich selber zu retten, so könnte vielleicht sogar er auf deine Hilfe hoffen.

Ja, steig vom Kreuz ... Erfülle unsere Sehnsucht und sei endlich König ...

Die letzte Stunde schien gekommen, und schon überfielen mich wieder Zweifel. Doch die Inszenierung war perfekt. Bis heute weiß ich nicht, wie du das hinbekommen hast.

Plötzlich verdunkelte sich der Himmel, die Erde bebte.

Blitze vom Himmel und dann Männer in leuchtenden Gewändern wie Heerscharen. Es dauerte nur Augenblicke, aber es waren die triumphalsten meines Lebens. Endlich erfülltest du dein Versprechen ...

Der Tumult brach über mir zusammen wie die Sintflut. Riesige Wellen der Panik rollten über die Menge, rissen Familien auseinander, trampelten Menschen nieder. Im Dunkel ließ sich Freund von Feind nicht unterscheiden. Soldaten schlugen um sich, Menschen schrien.

Glaub mir, ich habe versucht, mich zu dir durchzukämpfen. Aber nun galt es, erst einmal meine eigene Haut retten. So wie du bisher die Situation im Griff hattest, würdest du dir auch jetzt zu helfen wissen. Nach diesem fantastischen Überraschungsangriff war mein Vertrauen zu dir grenzenlos. Also flüchtete ich stolpernd und fluchend. Dauernd verstellten mir Orientierungslose den Weg. Sie allein waren schuld daran, dass ich nicht weit kam.

Plötzlich spürte ich die Hand eines Soldaten auf meiner Schulter. Brutal riss er mich herum, und noch ehe ich meine Arme schützend über den Kopf halten konnte, sauste sein Knüppel herab. Schwarze Nacht senkte sich auf mich herab.

Als ich erwachte, fiel mein Blick zuerst auf das Kreuz. Zwar blutig schwarz, aber leer ragte es in den vor Hitze fast weißen Himmel. Die Luft flimmerte. Männer mit wehenden Gewändern schienen in ihr zu schweben. Sofort erinnerte ich mich an dein Heer ...

Waren sie zurückgekommen, um mich zu holen? Um mich zu dir, dem neuen König, zu führen? Damit ich dabei bin, wenn du dein Reich aufrichtest? Und damit du mich für meine Treue belohnst?

Du kannst dir denken, wie schnell ich trotz rasender Kopfschmerzen zu dir wollte. Nur einen Augenblick noch ausruhen, nur einen Moment noch die Vorfreude genießen ...

Ich zu deiner Rechten ... ich ... denn ich allein habe bis zuletzt auf deiner Seite gestanden.

Wie eine seltene Speise habe ich es genossen, mir unsere Macht auszumalen, habe mir vorgestellt, wie dein

Heer bis nach Rom marschiert, gewaltig und unaufhaltsam, jeden niederschlagend, der sich dir in den Weg stellt. Ich habe Bilder unserer Herrlichkeit und Pracht vor meinem inneren Auge heraufziehen lassen, habe mir ausgedacht, wie wir regieren bis an unser Ende.

Unser Ende?

Das würde bedeuten, dass du sterben müsstest. Dein Reich würde verfallen wie alles auf dieser Welt. Und wenn es dich nicht mehr gab, was sollte dann aus mir werden?

Könnte ich dein Nachfolger werden? Warum nicht?

Aber auch mit mir würde es ein Ende nehmen.

Nichts hätte sich also verändert, nicht wirklich jedenfalls. Natürlich könnte ich mir einbilden, dein Königreich würde dem Leben einen Sinn geben. Aber eigentlich war dieser schöne Gedanke nicht mehr als eine Illusion für ... na sagen wir mal dreißig, im besten Fall vierzig Jahre?

Und danach? Wer weiß, unter welche Herrschaft unser Volk dann fällt? Wer es knechten, verfolgen und beherrschen wird? Alles wird sein wie vorher. Was bedeutet also dein Befreiungsschlag?

Und dann diese schreckliche Inszenierung? War die nötig gewesen? Hättest du deine Macht nicht anders beweisen können, als bloß vom Kreuz herunterzusteigen? Was wolltest du mit Blut und Schmerz beweisen?

Ja, das Blut der anderen ... das hätte ich verstanden ... aber dein eigenes? Wie soll es möglich sein, darauf ein Reich aufzubauen? Glaubtest du etwa, so die Menschen gewinnen zu können?

Ich habe durchgehalten bis zum Kreuz. Ich habe geglaubt und gehofft. Und selbst jetzt noch war ich bereit, dich zu suchen. Hatten die Männer hinter der flirrenden Luft mir nicht gewinkt?

Mühsam erhob ich mich auf die Beine, schüttelte den Staub von meinem Mantel, machte mich auf den Weg.

Aber die Stadt lag da wie vorher. Menschen feierten Passah, die Hinrichtung war längst neben anderen Sensationen verblasst. Soldaten des römischen Kaisers flanierten auf den Straßen. Und nirgendwo deine Männer ... Nirgendwo ein Anzeichen deiner Macht ...

Ich weiß nicht, wie lange ich herumirrte. Nicht einmal deine Freunde fand ich wieder. Warst du etwa gar nicht König geworden? Was war geschehen?

So wie die Stunden vergingen, wuchs im mir die Gewissheit: Du hattest mich getäuscht. Ich hätte es wissen müssen, schon damals im Garten. Angst, die Blut schwitzt, kann nicht gespielt sein. Aber woher wusstest du ...? Deutlich hast du uns deinen Tod vorhergesagt. Und ich habe mir eingebildet, das alles gehöre zu deinem Plan ... Wie verblendet war ich gewesen ... wie versteift in meine Wünsche nach Macht und Ansehen, nach deiner Herrschaft, die mir erstrebenswerter erschien als die der Römer, meine Sehnsucht nach Sinn und Erfüllung ... Erfüllung von was?

Wie kurzsichtig von mir zu glauben, du wärst mehr als ein Mensch?

Herr?

Ja, ich nannte dich Herr, auch jetzt noch ... Ich rede mit dir, als wärst du bei mir, als könntest du mich hören. Doch du hältst dich verborgen. Ich kann dich nicht mehr finden, weder in der Stadt noch auf dem Feld. Schon gar nicht in meiner Vorstellung. Nichts passt mehr zusammen. Ob du lebst? Was spielt das noch für eine Rolle? Nun, wo ich mir sicher bin, dass du mich sowieso nicht hörst? Wo ich weiß, dass dein Leben jeden Sinn verloren hat, weil es nicht mehr ist als das von jedem anderen?

Wer hat schon von einem gehört, der das Kreuz überlebt hätte?

Ich bin vor die Tore der Stadt geflüchtet. Die Sonne ist schon vor Stunden untergegangen. Der Baum hebt sich schwarz wie ein Gerippe vor dem dunklen Nachthimmel ab. Seine Äste greifen wie die Arme des Todes nach mir. Um den dicksten habe ich den Strick geworfen. Ich habe keine Angst mehr. Die Verzweiflung ist längst größer, ist über die Enttäuschung hinausgewachsen zu einem unüberwindlichen Berg. Ich weiß, die Mühe lohnt nicht, ihn zu besteigen. Denn nun … wo du unwiderbringlich tot bist? Was soll mir da noch das Leben?

Wenige Tage nach seiner Auferstehung, kurz nachdem Jesus seinen Jüngern erschienen war, wanderte er vor die Stadt hinaus auf das Feld. Er ging, bis die Nacht hereinbrach. Dunkelheit hüllte ihn ein wie eine große Traurigkeit. Vor dem Baum, an dem sein Freund Judas sich erhängt hatte, blieb er stehen, breitete seine Arme um den Stamm, neigte seinen Kopf gegen die raue Rinde und weinte. Er blieb, bis der neue Tag begann.

# III.

*Wir empfangen, was unsere Taten verdienen, dieser aber hat nichts Unrechtes getan. Und er sprach: Jesus, denke an mich, wenn du in dein Reich kommst. Und Jesus sprach zu ihm: Wahrlich ich sage dir: Heute wirst du mit mir im Paradies sein.*

Samstagabend. Es schneit, aber bis die Flocken auf dem Asphalt landen, sind sie schon zu wässrigen braunen Tränen zusammengeschmolzen. Thomas beobachtet, wie sie zwischen den Hochhäusern heruntertrudeln. Der Himmel ist dunkel, weit entfernt und kaum zu erkennen.

„Mist", schimpft Thomas und stampft in eine Schneepfütze. Matsch spritzt an seine Hosenbeine.

„Mist", schimpft er wieder.

„Was ist los mit dir?", fragt Christoph.

Die beiden kennen sich aus der Schreinerei. Sie haben zusammen ihre Lehre gemacht und nun, erst vor ein paar Wochen, ihre Gesellenprüfung. Thomas hat eine Truhe gezimmert. Schön ist sie geworden und kunstvoll. Nur schade, dass heute keiner mehr Truhen verwendet. Die Leute hängen ihre Klamotten in Schränke, am liebsten in Einbauschränke. Doch die lassen sich nur vor Ort anfertigen, sozusagen in den Häusern selbst. Aber Thomas will das nicht. Er will nicht reingucken in die Zimmer irgendwelcher Menschen. Er will nicht wissen, was hinter Fenstern und Türen geschieht. Er hat mit sich selber genug zu tun.

Christophs Gesellenstück war ein Bett, sogar ein Ehebett, Kopf- und Fußteil, mittendrin ein riesiger Rahmen. Dass da bloß keiner rausfällt.

Lieber Himmel, wie können Leute aus dem Rahmen fallen. Da ist es schon sicherer, eine Truhe zu bauen, denn die hat einen Deckel. Zu damit und Schluss.

„Was ist los mit dir", hakt Christoph nach.

Er haucht sich in die Hände. Sein Atem bleibt als dunstige Wolke vor seinem Gesicht stehen. Er verschwimmt dahinter. Thomas denkt an einen kräftigen Joint. Das wär's jetzt. Einfach wegtauchen. Aber er zuckt nur mit den Schultern.

„Mir ist kalt", brummt er, „ich geh jetzt."

Ohne ein weiteres Wort wendet er sich um, stapft die Straße hinunter. Die Häuser drängen ihn zwischen sich. Lichter blitzen auf, in den Wohnungen, hinter Schaufenstern und in Straßenlaternen. Reklamen schreien, Autoscheinwerfer rasen vorbei. Und immer noch schneit es.

„Du hast versprochen, dass du mitkommst", ruft Christoph hinter ihm her.

Versprochen, denkt Thomas. Was verspricht man nicht alles, und was bekommt man versprochen ... Die meisten Versprechungen sind leer wie seine Truhe.

Thomas zieht den Kopf zwischen die Schultern. Er hätte einen Schal umbinden sollen. Der Wind ist eisig. Vielleicht wär' ein Schnaps jetzt gut. Thomas denkt, dass Christoph wahrscheinlich niemals einen Schnaps trinkt. Der ist viel zu fromm dazu. Er sagt, dass er zu Gott gehört, was immer das bedeutet. Aber solche trinken nun mal nicht. Thomas weiß nicht, woher er das weiß. Jedenfalls hat er Christoph noch nie in einer Kneipe gesehen. Ein paar der anderen Lehrlinge, die jetzt Gesellen sind, schon. Mit denen ist Thomas schon einige Male losgezogen. Obwohl er eigentlich keiner ist, der den Zug durch die Gemeinde braucht. Denkt er jedenfalls, denn meistens empfindet er hinterher doch bloß einen faden Nachgeschmack. Aber jetzt ist ihm danach zumute, mehr jedenfalls als zu dieser Heile-Welt-Veranstaltung, zu der Christoph ihn mitschleppen wollte. Christoph ist schon lange an ihm dran.

„Du siehst immer so fertig aus“, hat er gesagt und dann was von einem Treffen gefaselt, wo alle ganz furchtbar fröhlich sind, wie auf einem Fest, einem Geburtstag oder einer Hochzeit oder so was Ähnlichem ... und wo sich alle aufeinander freuen und prima verstehen, keiner alleine ist und plötzlich alles einen Sinn bekommt.

Alles, lieber Himmel, wenn es so einfach wäre ...

Aber nichts ist einfach.

Sicher, Thomas hat die Prüfung geschafft. Bis jetzt hat er alles geschafft, was er sich vorgenommen hat: Schule, Lehrstelle, Gesellenprüfung. Und er hat gute Leistungen gezeigt. Aber das hat's letztlich auch nicht gebracht. Auch da dieser schale Nachgeschmack.

Thomas verkneift sich den Schnaps und geht heim. Er hat eine eigene Wohnung, kein Zimmer mehr zu Hause. Er hat gehofft, wenn er erst alleine wohnt ... Doch er hat nicht lange durchgehalten. Seit einem Vierteljahr lebt Sandra bei ihm. Sie wäscht seine Wäsche und geht einkaufen. Aber sie lässt ihre Zahnpastaspucke im Waschbecken und Essensreste in gebrauchten Töpfen festkleben. Auch das hat Thomas sich anders vorgestellt.

Er schließt die Wohnungstür auf. Der Fernseher brummt. Sandra hat sich in einer Sofaecke zusammengerollt und schläft. Ihre blonden Haare kringeln sich über der Sofalehne wie Geschenkband. Im Arm hält sie ein Kissen.

„He", brüllt Thomas, „ich bin da."

Erschrocken fährt Sandra hoch. Das Kissen kollert zu Boden.

„Wie spät isses denn?"

Sandra reibt sich die Augen und blinzelt zur Uhr, die auf dem Fernseher steht.

„Noch nicht mal neun", murmelt sie, „bist du verrückt?"

Plötzlich spürt Thomas eine unbändige Lust, zu streiten.

„Trantüte", keift er.

Er weiß, dass er sich anhört wie ein altes Weib. Aber er kann nicht anders.

„Wenn du schon hier rumlümmelst, dann hätt'ste auch ruhig auf mich warten können."

„Woher soll ich denn wissen, dass du jetzt schon antanzt?", pariert Sandra.

Sie hat Recht. Trotzdem wird Thomas immer wütender. Schließlich ist dies hier seine Wohnung. Und das sagt er ihr auch. Er schreit es ihr ins Gesicht, und endlich schreit Sandra zurück. Und beide fangen an, sich wehzutun, und keiner kann mehr aufhören damit. Sandras Gesicht ist verzerrt, und ihre Geschenkbandlöckchen sehen jetzt aus wie Spaghetti, die ihr einer über den Kopf gekippt hat. Thomas vielleicht. Der kocht und weiß nicht mal, warum. Er weiß nur, wie er sich fühlt, zornig und enttäuscht und leer.

Das Gefühl bleibt, während sie streiten, und es bleibt erst recht, als Sandra die Wohnungstür hinter sich zuknallt. Und plötzlich ist Thomas allein.

Die Wohnung ist unordentlich, dunkel und verlassen.

Vor dem Fenster schweben Schneeflocken, die sterben, bevor sie ihren Platz gefunden haben. Thomas folgt ihnen mit den Blicken, haucht an die Scheibe, drückt mit dem Finger ein Guckloch in seinen eigenen Atem. Sandra ist nirgendwo zu sehen, nur Fremde, die gegen den Wind kämpfen. Wenige. Die meisten sitzen irgendwo im Warmen. Thomas hat es auch warm, zumindest ist das Zimmer warm. Trotzdem überzieht ihn eine Gänsehaut.

Was soll werden?

Das Guckloch am Fenster ist fast wieder zugeatmet. Thomas kann in der verbliebenen blanken Glasfläche gerade noch sein eigenes Gesicht sehen. Christoph hatte Recht: Er sieht irgendwie fertig aus. Ist er das eigentlich, dieses Gesicht im Rahmen seines eigenen Atems? Bleich, mit dunklen, zornigen Kinderaugen, ein Mund wie ein Strich, spitzes Kinn und spitze Nase, leblos wie das Gemälde eines untalentierten Malers. Thomas versucht, über seine Wut hinwegzugrinsen, und er wundert sich, dass es gelingt. Ein Clownsgesicht. Warum auch nicht?

Vielleicht hat Christoph gar nicht so Unrecht. Vielleicht ist feiern überhaupt die Lösung. Ein Fest. Ist doch egal, was morgen kommt. Heute ist heute. Und draußen amüsieren sich die Kumpel.

Thomas greift seinen Mantel. Er vergisst auch diesmal den Schal. Hinter ihm schnappt die Haustür ins Schloss.

Auf der Straße ist es hell wie am Tag. Die Nachtlichter der Stadt lügen. Egal.

Thomas schlendert unter dem Schneetreiben hindurch. Geschäfte sind geschlossen, Kneipen geöffnet. Musikfetzen wehen auf die Straße, Mädchen winken: Komm, feiern!

Thomas lässt sich mitreißen.

Der Gastraum ist übervoll, rauchverquollen und stickig. Ein dänischer Holzofen bullert. Das Radio hinter der Theke plärrt alte Schlager, ein alter Mann vor der Theke schluchzt.

„Nun, nun", brummt der Barkeeper und legt dem Alten eine Hand auf die Schulter. Rechts neben dem Ofen zieht ein Mädchen ihre Schuhe aus. Sie kippt ihren Oberkörper dabei nach vorne. Ihr Haar fällt über ihr Gesicht wie gelbe Geschenkbandlöckchen. Das Mädchen lacht. Es hört sich verheißungsvoll an wie Papiergeraschel. Thomas schlendert zu ihr herüber. Er hat seinen Mantel aufgeknöpft. Er schlottert ihm um die Knie wie der Fetzen eines Westernhelden, der zur Mittagszeit auf die staubige einsame Straße vor den Saloon tritt, um sich ein Schießduell zu liefern. Thomas schiebt seine Daumen in den Hosenbund, kneift die Augen zu schmalen Schlitzen zusammen und stellt die Beine auseinander. Das Mädchen kichert. Dabei schraubt sich ihre Stimme hoch. Erst Geschenkpapier, dann Packpapier, dann nur noch ein voll gekritzelter Zettel. Schließlich quietscht sie wie Stanniol, silbern glänzend, aber rutschig und kalt. Enttäuscht dreht Thomas sich um. Das Mädchen schreit hinter ihm her.

„Hallo, Süßer, ich hab was für dich ..."

Thomas merkt, dass er schon wieder sauer wird.

Der Alte an der Theke hat sich hochgerappelt. Er sitzt kerzengerade, als hätte er einen Besenstiel verschluckt, und starrt geradeaus. Oder irgendwo hindurch. Durch die Wand. Thomas setzt sich neben ihn auf einen wackeligen Barhocker und beugt sich ans Ohr des Fremden.

„He, Mann, was siehst du?“, flüstert er.

„Feuer“, raunt der Mann.

Dicke Tränen kullern über seine stoppeligen Wangen.

Der Barkeeper winkt ab. Er schiebt Thomas ein Bier hin. Thomas trinkt in langen, tiefen Schlucken. Es hilft nicht. Er kippt einen Klaren hinterher, dann noch einen. Trotzdem Leere. Nirgendwo ein Kumpel. Er hätte sich mit ihnen verabreden sollen, nicht mit Christoph, diesem Langweiler. Die anderen hatten wahrscheinlich irgendwo ihren Spaß, jedenfalls für diesen Samstagabend.

Thomas klimpert ein paar Münzen auf die Theke.

„Der Rest ist für Sie“, nickt er zum Barkeeper, klopft dem Alten auf die Schulter und geht.

Es hat aufgehört, zu schneien. Trotzdem ist der Himmel nicht näher gerückt. Thomas schaut hinauf. Über ihm türmen sich Häuserwände, Hochhäuserwände, Geschäftshäuser, ganz oben Apartmentwohnung. Sie halten ihn fest und rahmen ihn ein. Man müsste raus hier, denkt Thomas und beginnt zu laufen. Wenn man nur alles hinter sich lassen könnte, die Träume, die unerfüllten Hoffnungen und Sehnsüchte, finden, was bleibt, Erfüllung. Eine neue Seite aufschlagen, ein neues Bild zeichnen, den Rahmen wechseln.

Thomas rennt durch die Straßen. Sie werden ihm immer fremder. Hier war er noch nie. Die Geschäftshäuser bleiben zurück. Er trabt durch ein Wohnviertel. Winzige Reihenhäuschen mit noch winzigeren Gärtchen davor. Heruntergezogene Rollladen vor den Fenstern, entlaubte Herbstbäume am Straßenrand, parkende Autos, dunkel wie riesige Maulwurfshügel. Schneematsch im Rinnstein. Aber sonst alles unerträglich rein. Eine Aufgeräumtheit, die denselben schalen Geschmack hinterlässt wie die bewegte, laute und grelle Stadt. Unversehens ist er zu einem ständigen Begleiter geworden, den Thomas kaum wahrnimmt, der sich aber an Abenden wie diesem schmerzlich aufdrängt.

Es ist Samstagabend.

Thomas spuckt aus, steigt über den unansehnlichen Fleck auf dem schwarzen Asphalt und lässt das Viertel hinter sich. Ziellos wandert er einem unbekannten Ziel entgegen.

Die Stadt bleibt zurück. Ihr Kunstlicht verfolgt ihn, und der Verkehr brummt hinter ihm her, wie sein Fernseher, der sicher immer noch läuft. Thomas denkt an Sandra, an die Kumpel, an den alten Mann, der Feuer sieht, und an Christoph, der wahrscheinlich stocksteif in irgendeinem kühlen Versammlungsraum seine Sinn-und-Erfüllung-Feier zelebriert. Thomas kann sich nichts darunter vorstellen. Er weiß nicht einmal, wo er die Vorstellung von stocksteif und kühl herhat. Kühl war die Stanniolstimme des Mädchens ohne Schuhe, kühl und enttäuschend wie ein dargebotenes Geschenkpaket ohne Inhalt. Alles nur Band und Papier, aber nichts dahinter, nichts drin, leer wie seine Truhe, außen kunstvoll, innen hohl. Thomas besitzt nichts, womit er sie füllen könnte. Höchstens sein Clownsgelächter. Das könnte er in sein Gesellenstück sperren und jedes Mal, wenn jemand den Deckel öffnet, wird es ihm wie ein Springteufelchen entgegenhüpfen.

Thomas fröstelt. Er schlingt die Arme um den eigenen Körper, schiebt die rechte Hand in den linken Mantelärmel und die linke in den rechten. Er spürt seine frierenden Hände auf der eigenen Haut. Der Wind fegt über ihn hinweg wie über Gras.

Der Himmel ist dunkel. Doch weder Mauern noch Neonlicht trennen ihn von Thomas. Thomas hat das Gefühl, den Himmel greifen zu können. Wenn es nur nicht so kalt wäre. Aber der Himmel kommt ihm entgegen. Er legt sich um ihn, hüllt ihn ein und begleitet ihn in der Nacht.

Mitternacht muss längst vorüber sein. Vielleicht ist es schon Sonntag.

Thomas ist draußen. Er watet durch nasse Wiesen und über lehmschwere Feldwege. Schwarze Felder rollen sich aus. Hügel buckeln sanft. Am Horizont verschwimmt ein Waldstück zu einem dunklen Band. Es sieht aus wie der untere Rand eines Bilderrahmens. Rechts und links steigt er empor zu endloser Höhe. Thomas steht davor und kann das Bild nicht erkennen. Es ist wie verborgen hinter einem finsteren Vorhang. Thomas muss dichter heran. Er beginnt wieder zu laufen, und er wundert sich, dass er nicht müde wird. Er friert auch nicht mehr. Der Wind hat nachgelassen.

Thomas hat den Horizont fast erreicht. Er rückt nicht fort, sondern bleibt stehen wie ein Willkommen. Schon tritt Thomas unter die ersten Bäume. Über ihm Äste, unter ihm Holz, Bilderrahmenholz. Wie gerne möchte Thomas hinübersteigen! Dabei weiß er, dass er dort nicht hingehört. Zu viel ist verkehrt gelaufen. Er weiß, dass er sich sein Leben selbst zuzuschreiben hat. Trotzdem ... Wenn jemand an ihn denken, ihm helfen würde, jemand, der ihm Halt gäbe ... Vielleicht würde er dann den Mut aufbringen.

Noch steht Thomas auf der Drinnenseite. Vorsichtig hebt er den Fuß. Der Mantelsaum wickelt sich um sein angewinkeltes Knie. Thomas hat Mühe, das Gleichgewicht zu halten. Doch was soll aus ihm werden, wenn er es jetzt verliert?

Es wird schon hell. Thomas stellt seinen Fuß auf den Rahmen, lässt ihn vorsichtig hinüber gleiten, spürt, wie er ins Leere baumelt. Thomas hockt sich nieder, setzt sich, klammert sich mit den Händen am Rahmen fest und schiebt das andere Bein nach. Auch das findet noch keinen Grund. Springen, denkt er, oder umkehren. Aber umkehren will er nicht mehr, jetzt, wo er schon so weit gekommen ist.

Schon hebt sich die Sonne hervor. Warm ist sie und leuchtend. In ihrem Licht erkennt Thomas Umrisse: Ein weiter Raum mit grasbewachsenem Boden, lichtdurchflutet und quellwassergespeist, ein gedeckter Tisch, Brot und gefüllte Becher, Menschen, feiernd wie auf einer Hochzeit.

Thomas würde gerne zu ihnen gehen, aber er weiß nicht, wie. Er könnte lachen, aber wahrscheinlich würde nur sein Springteufel-Clownsgrinsen dabei herauskommen. Er könnte weinen, aber das hat er zu lange nicht mehr getan.

Thomas findet keinen Boden unter den Füßen. Hilflos rudern sie ins Leere. Er möchte winken. Aber noch krallen sich seine Hände am Rahmen fest.

„Mist“, schimpft Thomas.

„Was ist los mit dir“, hört er Christophs Stimme.

Thomas kennt Christoph aus der Schreinerei. Er hatte ihm versprochen, mit ihm zu gehen, gestern, am Samstagabend. Heute ist Sonntag.

„He“, brüllt Thomas, „ich bin da.“

„Dann spring doch!“, lacht Christoph und streckt ihm die Hände entgegen. Da lässt Thomas endlich los.

# IV.

*Als aber die Soldaten Jesus gekreuzigt hatten, nahmen sie seine Kleider und machten vier Teile, für jeden Soldaten einen Teil, dazu auch das Gewand. Das war aber ungenäht, von oben an gewebt in einem Stück. Da sprachen sie untereinander: Lasst uns das nicht zerteilen sondern darum losen, wem es gehören soll.*

Matthias Oberer konnte sich nicht erklären, was mit seinem Vater geschehen war. So wie in diesen letzten Tagen hatte er ihn noch nie erlebt. Allerdings hatte Matthias seit 15 Jahren keine Möglichkeit mehr gehabt, Veränderungen an seinem Vater zu beobachten. Denn mindestens so lange pflegte er so gut wie keinen Kontakt mehr mit ihm.

Schon während seines Studium war Matthias in eine andere Stadt gezogen, und als ihm später am selben Ort eine lukrative Anstellung angeboten wurde, hatte er ohne lange zu überlegen zugesagt, froh, auf diese Weise seinem Vater und den Erinnerungen seiner Kindheit zu entkommen. Mittlerweile war er nicht nur in seinem Beruf aufgestiegen, er hatte es außerdem zu einem ansehnlichen Einfamilienhaus gebracht und obendrein noch eine Familie gegründet. Seine Frau war ein zierliches, schüchternes Persönchen, die in ihrer ängstlich zurückhaltenden Art seiner längst verstorbenen Mutter ähnelte, ebenso wie seine Kinder, zwei Jungen im Alter von sieben und elf Jahren. Matthias bemühte sich, sie mit Disziplin und Konsequenz zu zwei selbstbewussten, ehrgeizigen und zielstrebigen Menschen zu erziehen. Aber irgendwie schien das nicht zu klappen. Manchmal, wenn er nach einem langen Arbeitstag seinen Wagen in der Einfahrt vor seinem Haus parkte, klang das unbeschwerte Lachen seiner Söhne zu ihm heraus. Doch kaum betrat er den Hausflur, verstummte ihre kindliche Fröhlichkeit so plötzlich, als hätte jemand einen Schalter umgelegt. Matthias fand nur zwei scheue und mutlose Kinder, die seinen Blicken nicht standhielten. Immer wandten sich die Jungen, sobald er es ihnen erlaubte, erleichtert von ihm ab, was Matthias so erbitterte, dass er oft nur mit Mühe seine Wut unter Kontrolle halten konnte. Am liebsten hätte er in solchen Augenblicken seine Kinder und sogar seine Frau geohrfeigt. Bis jetzt hatte er es geschafft, seinen Groll hinter der Fassade hochmütiger Selbstbeherrschung zu verbergen.

Aber er spürte, dass ihm das nicht mehr lange gelingen würde. Sein aufgestauter Zorn würde sich irgendwann Bahn brechen, so wie ein reißender Strom, der einen Damm sprengt, um alles, was sich hinter der schützenden Mauer befindet, zu überschwemmen. Oder besser: Fortzuspülen, so weit und so tief, dass keine Erinnerung es je an die Oberfläche ziehen könnte.

Matthias Oberer ahnte zwar, dass nicht seine Familie die Ursache seiner Wut war. Aber sie war ihm nahe genug, um als Zielscheibe seiner Aggressionen herzuhalten, was er sich natürlich nicht einzugestehen wagte. Überhaupt hatte er wenig Lust, über sein Innerstes nachzudenken. Wozu auch? Bis jetzt hatte er sich und sein Leben fest im Griff, und er würde dafür sorgen, dass es so blieb. Eine kurze Trennung von seiner wehleidigen

Frau und seinen hasenfüßigen Söhnen würde ihm sicher dabei helfen. Jedenfalls kam ihm der Anruf aus der städtischen Klinik seines Heimatortes ganz gelegen.

Man hatte ihn gefragt, ob er Matthias Oberer sei? Der Sohn von Oskar Oberer? Und als er bejahte, hatte eine sanfte Stimme behutsam hinzugefügt, man müsse ihm leider mitteilen, dass es um seinen Vater sehr ernst stehe. Es bliebe ihm nicht mehr viel Zeit.

Als ob sich Matthias davon beeindrucken ließe … Eigentlich war es ihm sogar egal. Sollte der Alte doch endlich … Für ihn, seinen Sohn, war er sowieso längst gestorben. Jedenfalls hatte Matthias seit Jahren so gedacht. Trotzdem hatte er sämtliche Termine abgesagt und sich auf den Weg zu ihm gemacht.

Matthias hatte sich Zeit gelassen. Ohne jemanden nach dem Weg zu fragen war er durch den riesigen Krankenhauskomplex geirrt. Während er lange, grau und weiß gekachelte Flure durchwanderte, hatte er überlegt, ob er nicht erst in die Wohnung seines Vaters hätte fahren sollen. Aber es war ihm kein triftiger Grund eingefallen. Um alles, was erledigt werden musste, konnte er sich auch später kümmern. Es würde wahrscheinlich eine Menge Papierkram geben. Matthias vermutete, dass sein Vater ihm nichts als heilloses Durcheinander hinterlassen würde, wahrscheinlich bloß, um ihn zu ärgern. Typisch … Aber Matthias würde es sich leicht machen. Ein kurzes Gespräch mit dem Vermieter, Sperrmüll, Rechtsanwalt. Sicher gab es nichts zu erben.

„Vater hat noch nie was für mich übrig gehabt", hatte Matthias grimmig vor sich hin gemurmelt. Eine Krankenschwester hatte sich verwundert nach ihm umgedreht. Doch Matthias hatte sie nur mit einem abweisenden Blick bedacht und war dann mit großen, energischen Schritten an ihr vorbeigerauscht.

Irgendwann hatte er das Zimmer entdeckt. „Oskar Oberer“ stand in großen Filzstiftbuchstaben auf dem Schild neben der Tür. Ohne jemanden vom Pflegepersonal zu benachrichtigen hatte Matthias die Klinke heruntergedrückt und die Tür aufgeschoben.

Sein Vater wirkte in dem großen Krankenhausbett klein wie ein Kind. Sein blasses Gesicht hob sich kaum von den weißen Kissen ab. Faltige, blau geäderte Lider verschlossen die Augen, der Unterkiefer war heruntergeklappt und öffnete eine dunkle, zahnlose Höhle. Speichel klebte durchsichtig wie der Faden einer Spinnwebe in den Mundwinkeln. Aus dem linken Nasenloch wand sich ein dünner Plastikschlauch. Knotige Hände lagen gefaltet auf der Decke. Nichts rührte sich. Nur flacher, unregelmäßiger Atem hob und senkte die Brust des alten Mannes.

Lautlos trat Matthias neben das Bett. Plötzlich lösten sich die Finger auf der Decke voneinander. Wie bittend streckten sie sich nach Matthias aus. Der wich erschrocken zurück. Doch beharrlich winkte der Alte ihn zu sich. Vorsichtig und sehr langsam öffnete er seine Augen, und gerade, als Matthias sich über ihn beugte, breitete sich ein Lächeln auf seinem Gesicht aus, zaghaft aber überraschend warm wie der erste Sonnenstrahl nach einem schrecklichen Gewitter.

Dieses unerwartete Lächeln schockierte Matthias mehr als der Anblick des sterbenden Mannes. Wann hatte sein Vater ihn je mit einer so liebevollen Geste bedacht? Angestrengt durchwühlte Matthias sein Gedächtnis wie eine unaufgeräumte Schreibtischschublade. Doch was er fand, waren bloß Bilder eines strengen, verbitterten Mannes mir stechenden, kontrollierenden Augen und einem harten, gebieterischen Mund. Aber was er jetzt auf dem Gesicht seines Vaters wahrnahm, hatte nichts von der gebieterischen Schärfe, an die Matthias sich von früher erinnerte.

Etwas hatte sich verändert.

Trotzdem war Matthias, nach allem, was er hinter sich gelassen hatte, nicht geneigt, seinem Vater besondere Aufmerksamkeit zu schenken. Immerhin war er gekommen, aber ganz sicher nicht, um irgendwelche Lebensbeichten abzunehmen. Wahrscheinlich liefen die kraftlosen Bemühungen seines Vaters sowieso bloß auf wirres, unvernünftiges Gestammel hinaus. Doch der vollkommen untypisch sanfte Ton in der Stimme seines Vaters ließ Matthias hellhörig werden. Er überraschte ihn ebenso wie sein liebevolles, beinahe verklärtes Lächeln.

Verwirrt neigte Matthias sich zu ihm herunter. Und die Geschichte, die der Sterbende ihm ins Ohr raunte, verwunderte ihn so, dass er, nachdem sein Vater längst verstummt war, immer noch wie erstarrt an seinem Bett saß, die runzeligen Hände des alten Mannes fest von seinen eigenen umschlossen.

„Ich werde dir von diesem Anzug erzählen“, keuchte Oskar Oberer, „denn er ist das Einzige, was ich dir hinterlassen werde, aber auch das Beste, was ich jemals besaß.“

Der Alte hatte mühevoll nach Atem gerungen. Matthias hatte geseufzt. Ein Anzug … Hatte er etwa wegen eines Kleidungsstückes den weiten Weg auf sich genommen?

Aber was hatte er denn erwartet? Wo er schon damit gerechnet hatte, dass sein Vater ihm nichts hinterlassen würde? Oder hatte er etwa auf eine Versöhnung gehofft? Nach all den Jahren? Sicher, sein Vater hatte gelächelt. Und dieses Lächeln hatte ihm gegolten. Trotzdem …

Schon hatte Matthias sich enttäuscht abwenden wollen. Aber die unruhigen Finger seines Vaters hatten ihn wieder zu sich gewinkt.

„Ich mochte niemanden und niemand mochte mich", hatte der alte Mann begonnen. Vertraute Worte in den Ohren seines Sohnes. Matthias hatte gespürt, wie er seine gewohnte Sicherheit zurückgewann. Ein bisschen gelangweilt hatte er sich dem Alten wieder zugeneigt.

Oskar Oberer hatte seine letzten Lebensjahre in einer Mietwohnung am Rande der Stadt verbracht. Obwohl das Mehrfamilienhaus in einer ruhigen Gegend lag, war er täglichem Lärm ausgesetzt gewesen: Gekeife aus dem Stockwerk über ihm, die Kinder auf der Straße und die Blumenfrau, die jeden Morgen ihren Wagen unter seinem Fenster parkte, das Quietschen der Bremsen, das Schlagen der Wagentüren. Dann ihr Gekreisch, mit dem sie auf sich aufmerksam machte, lange bevor sie den Markplatz erreichte. Herr König, Oskar Oberers Nachbar, kaufte ihr jedes Mal eine Hand voll duftender Blüten ab.

Jeden Morgen belauerte Oskar Oberer ihr Gespräch. Verborgen hinter seiner Schlafzimmergardine beobachtete er, wie Herr König freudig erregt aus seiner Wohnung auf die Straße hinauseilte, trotz der Frühe schon sorgsam gekleidet in den immer gleichen sandfarbenen Anzug. Samt, vielleicht sogar Seide, jedenfalls diese Art Stoff, der jeden Lichtfunken in phosphoreszierendem Schimmer einfängt und tausendfach zurückwirft und der seinen Träger in eine wahrhaft herrschaftliche Aura hüllt, was so gar nicht zu den fröhlichen Hopsern passte, mit denen Herr König den wartenden Wagen der Blumenfrau ansteuerte. Dann die Art, wie er, sobald er die Frau erreicht hatte, ihr seinen Kopf entgegenbeugte, begierig ihren morgendlichen Redeschwall erwartend, so, als interessiere ihn tatsächlich, was ihr seit dem gestrigen Tag Neues passiert war. Dies alles reizte den alten Mann so, dass er jedes Mal wütend die Gardine zur Seite riss, die Fensterflügel auseinander schlug und wortgewaltig dazwischenfuhr. Herr König blickte dann stumm mit erstaunt aufgesperrten Kinderaugen zu ihm herauf. Einmal jedoch, es war noch gar nicht so lange her, da hatte er Oskar seine blütengefüllten Hände entgegengestreckt.

„Möchten Sie auch ein paar?“, hatte er zu ihm heraufgerufen. Oskar hatte natürlich mit dem Kopf geschüttelt. Was der andere ihm anbot, waren ja bloß Blumenköpfe. Kein einziger Stängel, kein einziges Blatt, nur ein Haufen Blütenblätter. Und was sollte Oskar mit denen schon anfangen? Unwillig hatte er mit dem Kopf geschüttelt, worauf Herr König seine Hände mitsamt ihrem Inhalt in die Taschen seines Anzugs stopfte. Wieder hatte Oskar mit dem Kopf geschüttelt. Bei einer solchen leichtfertigen Behandlung würde Königs kostbarer Anzug sicher bald ruiniert sein. Aber Herr König hatte nur gelacht und angeboten, Oskar könne sich ja um die Pflege des guten Stücks kümmern, irgendwann einmal, wenn Herr König selber ihn nicht mehr brauchen würde. Ja, ja, er würde Oskar sogar Hose und Jacke ganz überlassen, natürlich nicht gleich. Aber später einmal, also, wenn er wolle …

Oskar hatte nicht weiter zugehört, denn er war überzeugt gewesen, dass sein Nachbar sich über ihn lustig machte. Und das auch noch vor den Augen und Ohren der Blumenfrau. Grollend hatte er sein Fenster zugeknallt, dass die Scheiben klirrten wie Eiszapfen, die von einer Regenrinne herunterstürzen.

Seither war kein Gespräch mehr zwischen den beiden ungleichen Nachbarn zustande gekommen. Oskar beschwerte sich zwar immer noch jeden Morgen über den Lärm der Blumenfrau. Aber er achtete darauf, dass er wieder in seiner Wohnung verschwunden war, bevor Herr König etwas erwidern konnte. Er wollte eben nichts mit diesem merkwürdigen Menschen zu tun haben.

Und mit den Kindern auch nicht … Gleich nach der Blumenfrau lärmten sie im Treppenhaus und schlugen mit ihren Schulranzen gegen das Geländer, dass es bis zum Dachboden hinauf hallte. Nur während ihrer Schulzeit hatte Oberer Ruhe vor ihnen. Ihm grauste es immer vor dem Mittag, wenn sie heimkehrten, müde und hungrig und aufgedreht vom langen Stillsitzen. Unerträglich, wie sie johlend durchs Haus tobten, natürlich immer vorbei an seiner Wohnungstür, denn Oskar Oberer bewohnte die linke Wohnung im Erdgeschoss. Herrn König, der auf der rechten Seite wohnte, schien das Kindergejohle nichts auszumachen. Im Gegenteil: Sobald es von der nahen Kirchturmuhr Mittag schlug, öffnete er seine Haustür, zog Hose und Jacke seines Anzugs glatt und setzte sich trotz des hellen, sicher sehr empfindlichen Stoffs auf den untersten Treppenabsatz. Dort blieb er, bis er das Lärmen der Kinder auf der Straße hörte. Dann sprang er auf, so freudig, als erwarte er lang ersehnte Gäste, sprang den Kindern entgegen, fragte sie nach ihrem Vormittag, was sie erlebt und gelernt, mit wem sie gestritten oder gespielt hatten. Und selbst, wenn die Kinder sich nach Kinderart über ihn lustig machten, hielt er an seiner Begeisterung fest. Immer wusste er für jedes ein gutes, tröstendes oder ermutigendes Wort. Manchmal ließ er sie auch in den Taschen seiner Jacke Geheimnisse entdecken. Missmutig beobachtete Oskar Oberer, wie gern und im Überfluss er schenkte.

Ebenso wie über die Kinder ärgerte Oskar Oberer sich über die Leute im Stockwerk über ihm. Ständig lagen sie in lautstarkem Streit miteinander. Sie keiften halbe Nächte hindurch. Gelegentlich gingen wohl auch Möbel zu Bruch. Einmal hatte Oberer sogar die Polizei geholt, wegen nächtlicher Ruhestörung. Zwei Beamte waren angerückt. Aber viel ausgerichtet hatten sie nicht. Nur der Herr König ... der konnte es einfach nicht lassen ... hatte am nächsten Morgen der Blumenfrau ein hübsches Sträußchen abgekauft und es der Frau nach oben gebracht. Und den Mann hatte er auf den Fußballplatz eingeladen. Oskar Oberer hatte sich über diese Einmischung so geärgert, dass er tagelang mit unerträglichen Herzschmerzen im Bett geblieben war. Natürlich hatte Herr König ihn mit Mittagessen versorgt. Linsensuppe, und einmal sogar Brathähnchen mit Salat. Dieser Mensch, der alles mitbekam, als läge er auf der Lauer, der seine Nase in alles hineinsteckte und überall gegenwärtig schien, ungewollt und ungerufen ... Dabei hatte das Brathähnchen gar nicht übel geschmeckt. Trotzdem ... Was gingen ihn die Angelegenheiten anderer Leute an?

Selbst an Oskars Geburtstag hatte er ihn belästigt, hatte vollkommen ungezwungen mittags um drei an seiner Haustür geklingelt, ihm aus seinem makellosen, lichtfunkelnden Jackenärmel eine erstaunlich kräftige Hand entgegengestreckt und ihm versichert, wie sehr er sich freue, dass es ihn, Oskar Oberer, gäbe und dass er sein Nachbar sei. Also, so etwas hatte ihm noch keiner gesagt. Und woher wusste sein Nachbar überhaupt das Datum seines Geburtstages?

Seit Jahren hatte ihm niemand mehr gratuliert. Keine Karten, keine Anrufe.

Nein, nein, er wolle seinem Jungen keinen Vorwurf machen. Ja sicher, er verstehe schon ... jetzt zumindest ... Aber vielleicht ist es noch nicht zu spät.

Heute sieht er die Dinge nämlich ganz anders, aber damals fand er seinen Nachbarn einfach nur lästig mit seinem ewig sanftmütigen, tadel- und fleckenlosen Getue. Oskar war regelrecht erleichtert, als es endlich vorbei war.

An einem Frühlingsmorgen, es musste kurz vor Ostern gewesen sein ... Oskar konnte sich nicht mehr genau erinnern, denn mit den Feiertagen hatte er es noch nie so gehabt ... Jedenfalls hatte die Sonne geschienen und im Grünstreifen zwischen Mietshaus und Bürgersteig blühten schon Osterglocken und Tulpen ... Da hatten sie Herrn König mit Gewalt aus seiner Wohnung gezerrt, dabei hatte er sich nicht einmal gewehrt.

Wenn sie bloß angeklopft hätten ... Sicher hätte er ihnen widerstandslos geöffnet. Aber mit Genugtuung beobachtete Oskar durch den Spion in seiner Haustür, wie ein Polizeibeamter die Tür zur Nachbarwohnung eintrat. Ächzend gab sie nach, und die Beamten stürzen mit gezogenen Waffen zwischen den Splittern hindurch in den Flur, als vermuteten sie einen Schwerverbrecher, der in einer Nische auf sie lauerte. Was Herr König natürlich nicht tat.

Aber was wusste man schon über jemand anderen? Selbst wenn er so harmlos und aufgeschlossen tat... Wer konnte schon sagen, was dieser König sich hatte zu Schulden kommen lassen? Oskar hatte es ja schon immer geahnt. Er hatte sich nämlich nicht durch dieses ewige Lächeln täuschen lassen, dieses Lächeln, dass ihm schon immer fürchterlich auf die Nerven gegangen war.

Als die Beamten Herrn König in das frühlingshelle Treppenhaus stießen, öffnete Oskar seine Wohnungstür und schob sich in den Hausflur. Schadenfroh blickte er seinem Nachbarn hinterher.

Von wegen tadellos... Abgerissen und überhaupt kein bisschen königlich wankte sein Nachbar zwischen seinen Vollstreckern. Anstatt des schimmernden Anzugs, in dem er täglich aufgetreten war, so als sei es sein einziges Kleidungsstück gewesen – oder besaß er mehrere von gleicher Farbe und gleichem Schnitt? –, trug er nun eine zerbeulte Hose und ein zerfetztes Hemd, die aussahen, als wären sie vorher schon tausendfach von Fremden getragen worden, als hätte König sie aus einem Altkleidersack gezerrt. Mit den Lumpen schien er sich eine zentnerschwere Last aufgebürdet zu haben, die seine Schultern vornüberbeugte und den Rücken krümmte. Und obwohl es ihm sichtlich schwer fiel, hob er doch, kurz bevor ihn die Beamten aus dem Haus drängten, seinen Kopf und drehte sich zu Oskar um. Für einen kurzen Moment trafen sich ihre Blicke. Doch Oskar entdeckte in den Augen des anderen nicht mehr das begeisterte, fröhliche Interesse, sondern nur noch tiefe, verzweifelte Traurigkeit. Erschrocken presste Oskar sich an die Wand, dicht neben die eingetretene Tür.

Wenige Minuten später war Herr König verschwunden.

Oskar sah ihn niemals wieder.

Aber im Augenblick war ihm das egal. Jetzt galt es, die Fassung wiederzugewinnen, was Oskar noch nie schwer gefallen war. Es dauerte nur wenige Sekunden. Trotzdem lungerte er weiter unschlüssig im Flur herum. Seine Haustür stand noch offen, die des Herrn König ebenfalls.

Er würde den Vermieter benachrichtigen müssen, wenn der nicht schon längst von dem Vorfall wusste, informiert durch die Polizei oder andere amtliche Stellen. Oskar hatte von diesen Dingen keine Ahnung. Und eigentlich hatte er auch keine Lust, sich um irgendetwas zu kümmern. Was ging dieser Mensch ihn denn an? Außerdem: In welche Schwierigkeiten könnte er verwickelt werden?

Nein, nein, am besten, Oskar Oberer blieb seinem Vorsatz treu, sich um nichts anderes als um sich selber zu sorgen. Am besten, er verschwände so schnell wie möglich in seinen eigenen vier Wänden. Alle anderen Mieter hatten es vor ihm ebenso gemacht.

Genauso wie damals, als Oskar wegen der Leute, die über ihm wohnten, die Polizei gerufen hatte, waren auch jetzt alle Mieter aus ihren Wohnung in den oberen Stockwerken hervorgespritzt. Sensationslüstern hatten sie sich über das Treppengeländer gebeugt. Aber nachdem die Beamten ihr Opfer ohne große Aufregung weggeführt hatten und hier weiter nichts geschehen war, hatten sie sich einer nach dem anderen enttäuscht und gelangweilt zurück gezogen.

Nur Oskar Oberer drückte sich noch im Flur herum, allein und eingetaucht in ungewohnte Stille, die ihn hellhörig für seinen eigenen Herzschlag machte. Und plötzlich, gegen jede Vernunft, drängte es ihn, doch etwas zu unternehmen.

Unschlüssig glitt sein Blick die Flurwand entlang, blieb sekundenlang an rissigen Narben im gelben Putz hängen und an bröckelnden Löchern, riss sich schließlich los und wanderte weiter bis zur verletzten Nachbartür. Ein leichter Luftzug zerrte an ihren verzogenen Angeln. Drinnen musste ein Fenster offen stehen. Ohne zu überlegen trat Oskar näher. Noch ein, zwei Schritte, und er fand sich in dem fremden Flur wieder.

Sein Herz schlug jetzt heftiger, obwohl ihn ein sanfter Hauch beruhigend streichelte. Er spürte, wie heißes Blut in seine Wangen stieg. Trotzdem tastete er sich weiter vorwärts.

Die Wohnung hatte den selben Zuschnitt wie seine eigene, nur spiegelverkehrt. Oskar wusste also, dass die erste Tür links in die Küche führte, die zweite ins Wohnzimmer. Gegenüber ein winziges Duschbad, am Ende des Flurs das Schlafzimmer. Diese Tür stand offen. Vorsichtig trat Oskar ein.

Das Zimmer war ebenso wie der Flur sonnenhell tapeziert, ansonsten sparsam möbliert. An einer Wand stand ein Bett aus hellem Holz, vielleicht Erle oder Esche, darauf eine ordentlich glatt gezogene und wolkenweiße Decke. An der gegenüberliegenden Wand stand ein schmaler Schrank mit zwei weit geöffneten Milchglastüren. Oskar bemerkte erstaunt, dass der Schrank nichts enthielt als ein einziges Kleidungsstück, das wie das letzte Blatt an einem Herbstbaum einsam auf einem Plasikbügel schaukelte. Als er näher trat, erkannte er, dass es der sandfarbene, seidig schimmernde Anzug war. Also hatte Herr König nur diesen einen besessen. Oder hatte er seine anderen, vollkommen identischen Anzüge bereits weggegeben, vielleicht weil er mit seiner Festnahme gerechnet, das Unabänderliche schon vorausgesehen hatte? Aber warum hatte er diesen Anzug übrig gelassen? Etwa für ihn, Oskar Oberer? So etwas in der Art hatte König tatsächlich einmal gesagt.

Trotzdem musste Oskar über seinen völlig unlogischen Gedanken lächeln. Selbst wenn Herr König den Anzug für ihn zurückbehalten hatte, so hatte er doch unmöglich ahnen können, dass sein unfreundlicher Nachbar in seine Wohnung eindringen würde.

Aber nun, wo er schon einmal da war, konnte er sich das einmalige Stück wenigstens anschauen. Oder auch kurz berühren.

Oskar Oberer hatte noch nie vorher einen solchen Stoff zwischen den Fingern gespürt. Er fühlte sich weich und glatt und kühl an. Ärmel, Aufschläge, Revers und Kragen waren so sorgfältig genäht, dass eine Naht weder zu sehen noch zu ertasten war. Übergangslos ging ein Teil in den anderen über, wie aus einem Stück gewebt. Als Oskar vorsichtig einen herabbaumelnden Ärmel anhob, fühlte der sich leicht an wie Wasserdampf. Selbst als er, einem plötzlichen Impuls folgend, den Anzug vom Bügel auf seinen ausgestreckten Arm gleiten ließ, verstärkte sich das Gewicht nicht. Schwerelos wie eine Spinnwebe hätte er ihn sicher, ohne dass er zerknittert wäre, zusammengeknüllt in seiner Hosentasche verschwinden lassen können. Aber natürlich tat Oskar das nicht. Er war zwar unfreundlich, aber deswegen noch lange kein Dieb. Doch der Stoff schmiegte sich so warm an seine Haut, rieb so sanft an den Härchen auf seinem Arm, dass er plötzlich nicht widerstehen konnte. Sehnsüchtig drückte er das Kleidungsstück des Herrn König in seiner Armbeuge an sich. Er wusste selber nicht, was in ihn gefahren war. Doch plötzlich wandte er sich um und verließ mit dem Anzug die Wohnung.

Während Oskar den lang herausragenden Holzsplittern in Königs zertrümmerter Wohnungstür auswich, überschlugen sich seine Gedanken. Was, wenn Herr König unvorhergesehen zurückkehrte? Nein, bei der doch sehr energischen Art seiner Festnahme musste man wohl mit wenigstens ein paar Tagen Untersuchungshaft rechnen. Und was den Vermieter anging, so beschloss Oskar, ihn erst später anzurufen. Denn einer musste hier ja schließlich Ordnung schaffen. Außerdem musste entschieden werden, was aus Königs Wohnung werden sollte. Würde sie bis auf unbestimmte Zeit für ihn freigehalten werden? Oder würde sie für neue Mieter geräumt werden? Was würde mit den Möbeln passieren und mit dem Hausrat? Vielleicht Sperrmüll? Vielleicht die Diakonie oder die Heilsarmee? Oskar jedenfalls wusste von keinen Angehörigen, die Ansprüche stellen könnten. Den Anzug würde sicher niemand vermissen, außer König selber. Doch wer konnte schon sagen, wann man den wieder laufen ließ? Vielleicht überhaupt nicht mehr. Und selbst wenn ... Hatte König an einem Morgen, noch im Beisein der Blumenfrau, den Anzug nicht seinem Nachbarn regelrecht vererbt? Ja, sicher, so war es gewesen. Oskar konnte sich deutlich erinnern. Er brauchte sich also gar nicht zu sorgen.

Die einzige Frage, die jetzt noch blieb, war die, ob das sandfarbene Kleidungsstück ihm überhaupt passte. Plötzlich hatte Oskar es sehr eilig, in seine Wohnung zurückzukehren.

Der Anzug schien wie für ihn geschneidert. Die Schultern saßen gerade, der Rücken floss glatt und faltenfrei herab. Die Ärmel reichten zwei Finger breit über sein Handgelenk, der Hosenbund umschloss bequem die Taille, und die Hosenbeine stießen mit dem richtigen Faltenwurf auf seine Schuhe. Oskar drehte sich wie ein Mädchen in seinem ersten Abendkleid vor seinem mannshohen Schlafzimmerspiegel. Entzückt stellte er fest, wie der Anzug seiner Figur schmeichelte. Der

Schnitt verbarg unansehnliche Körperpartien und unterstrich, was Oskar selbst an sich gefiel. Sogar der sanfte Sandton kleidete ihn, verlieh seinem sonst eher blassen Gesicht einen gesunden rosigen Schimmer und setzte Lichtreflexe in seine Augen.

Unwillkürlich verzogen sich Oskars Mundwinkel zu einem Lächeln, zum zweiten Mal an diesem Tag. Dabei hätte er traurig sein müssen. Schließlich war sein Nachbar gerade verhaftet worden. Verblüfft stellte Oskar fest, dass sich ein fast vergessenes Gefühl in ihm regte. Neugierig spürte er ihm nach und entdeckte einen kleinen Funken Anteilnahme. Oder war das, war er empfand, sogar Mitleid? Mitleid mit einem Menschen, den er nicht mochte und für den er bisher nichts anderes als Ärger und Verachtung übrig gehabt hatte?

Verwundert über sich selbst, wandte Oskar sich vom Spiegel ab und ließ sich auf einem Stuhl dicht am Fenster nieder. Nachdenklich blickte er hinaus. Vor den Gardinen senkte sich Dämmerung herab. Unversehens war es Abend geworden.

Oskar verschränkte seine Arme auf der Fensterbank und legte den Kopf darauf. Sanft übermannte ihn der Schlaf.

Bremsen quietschten, Wagentüren wurden aufgeschlagen, eine helle Stimme hallte durch den Morgen. Oskar blinzelte in die ersten Sonnenstrahlen. Vor seinem Fenster parkte der Wagen der Blumenfrau. Oskar durchfuhr der Gedanke, dass sie heute vergeblich auf Herrn König warten würde. Ob er ihr vielleicht ...? Unsinn.

Er trug zwar immer noch den Anzug des Herrn König. Und obwohl Oskar die ganze Nacht in ihm verbracht hatte, war das Kleidungsstück noch genauso glatt wie am Abend zuvor. Oskar würde also, wenn er am Fenster erscheinen würde, wie frisch gewaschen und angekleidet wirken. Aber das war noch lange kein Grund, in die Rolle seines verhafteten Nachbarn zu schlüpfen. Aber neugierig war Oskar schon, wie wohl die Blumenfrau reagieren würde.

Lächelnd erhob er sich von seinem Stuhl und schaute prüfend an sich herunter. Alles saß tadellos. Er musste nur noch ein wenig seine Haare ordnen. Wie ein Kamm zog er seine Finger hindurch. Dünn erschienen sie ihm und schütter. Grau waren sie und ein Zeichen seines Alters. An ihnen würde die Blumenfrau ihn sofort erkennen, und sicher auch an seiner Stimme und daran, dass er sofort losschimpfen würde. Aber an diesem Morgen hatte er kein Bedürfnis danach. Merkwürdigerweise fühlte er sich sogar fast ein bisschen beschwingt, herrlich ausgeschlafen, obwohl er Stunden zusammengekauert auf dem Stuhl zugebracht hatte, und so leicht und locker wie frisch geschlagene Sahne. Von Groll und Ärger keine Spur. Überrascht über sich selber, zog Oskar die Gardine zurück. Im Fenster spiegelte sich sein Gesicht. Er sah die Altersflecken und die gerunzelte Stirn. Darunter aber zwei blitzende Augen und einen irritierend fröhlichen Mund. Oskar war, als müsse er auf seinen nach oben gebogenen Mundwinkeln ausgleiten. Bevor er stürzte, öffnete er das Fenster.

Die Blumenfrau schaute zu ihm herauf. Als sie ihn erkannte, legte sich sofort ein lauernder Ausdruck auf ihr Gesicht. Ihre ganze Haltung stellte sich auf Abwehr ein. Es war offensichtlich, dass sie sich für seine

Schimpfkanonade rüstete. Doch Oskar nickte bloß zu ihr herunter, hob sogar die Hand und wünschte einen guten Morgen. Misstrauisch breitete die Frau ihre Arme aus, als wolle sie ihren Blumenwagen umfangen, um ihn vor den Angriffen des boshaften Mannes zu schützen.

Als ob ich eine Bedrohung wäre, dachte Oskar bestürzt. Das Bild, das die Frau offensichtlich von ihm hatte und dass sich nun in ihrem Verhalten widerspiegelte, fand Oskar plötzlich nicht besonders schmeichelhaft. Bisher war es ihm völlig gleichgültig gewesen, was die Leute über ihn dachten. Aber heute schmerzte ihn die Abneigung der Frau wie eine alte Wunde, die plötzlich aufriss und zu bluten begann. Ein Lächeln wäre wie Salbe. Aber darauf konnte Oskar natürlich nicht hoffen. Er wusste nicht, was er tun sollte, um die Frau zu einer kleinen freundlichen Geste zu bewegen. Schon zu lange hatte er nicht mehr den wohlwollenden Umgang mit seinen Mitmenschen geübt. Deshalb überraschte es ihn, als die Frau plötzlich ihre Arme sinken ließ, den Kopf zur Seite legte und einen fast neckenden Blick zu ihm heraufschickte. Ihr Argwohn schien gewichen. Unbekümmert wandte sie sich ihrem geöffneten Wagen zu. Oskar erkannte hinter den weit offen stehenden Türen ein Meer bunter Sträuße. Die Blumenfrau griff mitten hinein, angelte einige duftende Blütenstängel heraus und bot sie Oskar an.

„Möchten Sie?“, rief sie, und als Oskar nickte, trat sie ans Fenster und legte sie ihm direkt in die Hände. In der Jackentasche des Herrn König fand Oskar ein paar Münzen. Dankend nahm die Blumenfrau sie entgegen, grüßte artig, bevor sie in ihren Wagen kletterte und verschwand.

„Bis morgen“, rief Oskar ihr nach.

Es wunderte ihn, dass sie nicht nach Herrn König gefragt hatte. Wusste sie von seinem Schicksal, oder genügte es ihr, überraschend einen neuen Kunden gewonnen zu haben?

Oskar steckte seine Nase zwischen die Blütenblätter und seufzte. Vor seiner Haustür tobten schon die Kinder.

Oskar hatte den Anzug fast vergessen. Als er sich mittags auf den untersten Absatz im Treppenhaus setzte, dachte er nicht darüber nach, dass er den seidigen, kostbaren Stoff beschädigen oder verschmutzen könnte. Stattdessen wartete er auf das Läuten der Kirchenglocke. Fast gleichzeitig mit ihrem ersten Schlag stürzten die Kinder von der Schule nach Hause. Beinahe hätten sie ihn umgerannt. Aber erwartungsvoll breitete er die Arme aus und fing eins nach dem anderen auf. Warm fühlte er ihre kleinen Körper an seinem Herzen. Leicht wie Vogelgezwitscher klimperten ihre Worte an seinen Ohren. Von Aufgaben und Arbeiten, von Schulhofspielen und kleinen Rangeleien erzählten sie ihm, von Freundschaften und Kinderträumen. Und Oskar war, als entdeckte er mit jeder kleinen Geschichte einen Schatz. Er konnte gar nicht genug davon bekommen. Kaum waren die Kinder in ihren Wohnungen verschwunden, freute er sich schon auf den nächsten Mittag.

„Jetzt fehlen nur noch die Leute von oben“, versuchte Matthias zu spotten.

Die Worte seines Vaters hatten wie die Schaufel eines Archäologen etwas in ihm ausgegraben, was er lieber weiter verborgen gehalten hätte. Zu lange hatte er gebraucht, um sich seine Schutzschicht aufzubauen. Bisher war es ihm immer gelungen, sich alles, was ihn berühren könnte, mit Hohngelächter vom Leibe zu halten.

Doch diesmal hatte er still gehalten. Lange hatte er der Geschichte seines Vaters gelauscht. Oskar war zwar immer wieder von seiner eigenen Schwäche unterbrochen worden. Er hatte nach Atem gerungen wie nach einem 1000-Meter-Lauf. Und Matthias hatte auf die nächsten mühsamen Worte warten müssen. Er spürte, wie sich langsam seine Geduld erschöpfte. Zumal die Geschichte seines Vaters nicht gerade das war, was er zu hören gehofft hatte.

Aber was hatte er denn erwartet?

Matthias wusste es nicht. Er wusste nur, dass ihm die merkwürdige Veränderung, die sein Vater erlebt hatte, seit er in dem Besitz des Kleidungsstückes war, irritierte. Die Geschichte war einfach unglaubwürdig. Matthias war nicht geneigt, irgendein Wort davon ernst zu nehmen.

Trotzdem ermutigte er den Alten fortzufahren. Denn er musste sich eingestehen, dass der warmherzige Ton und die liebevoll nach ihm ausgestreckten Hände seines Vaters ihm wohl taten.

Solange er diese Hände in seinen spürte, schienen ihm die Fantastereien des Alten belanglos.

Sein Vater lächelte.

„Ich habe der Frau die Blumen nach oben gebracht, genauso wie Herr König. Nur mit dem Fußball ... Weißt du, Junge, ich habe diesen Sport noch nie gemocht. Aber wir haben Schach gespielt. Zweimal in der Woche. Darauf habe ich mich immer sehr gefreut."

„Und alles nur wegen des Anzugs?", hakte Matthias nach.

„Wegen des Königs", flüsterte der alte Mann.

Sein Blick glitt in die Ferne, wie auf der Suche nach einer schönen Erinnerung, verharrte und erstarrte schließlich. Doch das Lächeln blieb auf dem alten Gesicht liegen und überdeckte Runzeln und Altersflecken mit einem glückseligen Glänzen.

Matthias saß neben seinem toten Vater, bis eine Krankenschwester erschien.

Die Trauer überfiel ihn unverhofft wie ein Gewitterschauer. Alles in Matthias krümmte sich darunter zusammen. Plötzlich sehnte er sich danach, etwas zu berühren, was seinem Vater gehört hatte, sich zu umgeben mit Dingen, mit denen er gelebt hatte, so, als könne er 15 verlorene Jahre nachholen. Plötzlich hatte Matthias es eilig, in die Wohnung seines Vaters zu gelangen.

Ohne sich lange aufzuhalten hatte Matthias den Vermieter benachrichtigt und sich von ihm einen Zweitschlüssel aushändigen lassen. Dann verkroch er sich in der Wohnung seines Vaters.

Natürlich hatte Matthias sofort nach dem Anzug sehen wollen. Dabei hatte er nicht vorgehabt, die Kleidung seines Vaters zu durchstöbern. Er war sich sicher, dass er sowieso nichts davon tragen würde, schon gar nicht einen Anzug, dessen Existenz er ohnehin bezweifelte. Die Geschichte, die sein Vater ihm erzählt hatte, war einfach zu absurd. Es gab also keinen Grund zur Eile.

Zwei Nächte und drei Tage ließ Matthias sich Zeit, Papiere zu sichten und in Schubladen und Schränken zu wühlen. Er telefonierte mit einem Bestattungsunternehmen und saß stundenlang auf dem Stuhl vor dem Schlafzimmerfenster und starrte auf die Straße. Zuletzt gab es nichts mehr, was er tun konnte. Den Haushalt würde er durch eine Firma auflösen lassen. Nur wenige Dinge würde er für sich behalten, ein paar Fotos, alte Briefe und die mageren Sparbücher seines Vaters, eine Taschenuhr und vielleicht doch den Anzug. Matthias war es nicht gelungen, ihn aus seinen Gedanken zu verbannen. Was, wenn es ihn doch gab?

Wahrscheinlich hatte sein Vater sich den Anzug und diese ganze merkwürdige Geschichte nur zusammenfantasiert. Und wenn schon … Was schadete es, wenn Matthias trotzdem nachschaute?

Mit wenigen großen Schritten war er im Schlafzimmer und am großen eichenen Kleiderschrank.

Matthias fand den Anzug sofort zwischen den anderen Kleidungsstücken seines Vaters. Dabei war es nicht einmal ein besonders auffälliges Stück. Der Stoff war sandfarben. Aber er fühlte sich weich und glatt und kühl an. Ärmel, Aufschläge, Revers und Kragen waren so sorgfältig genäht, dass Matthias eine Naht weder sehen noch ertasten konnte. Übergangslos ging ein Teil in den anderen über, wie aus einem Stück gewebt. Als Matthias den Anzug aus dem Schrank holte, spürte er kaum sein Gewicht. Einem plötzlichen Impuls folgend, legte er sich die Anzugjacke über seine Schultern. Leicht wie Wasserdampf umhüllte ihn der Stoff. Warm schmiegte er sich an seine Haut.

„Warum nicht?", murmelte Matthias und probierte auch die Hose. Der Bund umschloss bequem seine Taille, und die Hosenbeine stießen mit dem richtigen Faltenwurf auf seine Schuhe. Matthias fühlte sich in Hose und Jacke so behaglich, dass er beschloss, beides anzubehalten. Seine Frau würde staunen und die Kinder …

Plötzlich sehnte Matthias sich nach ihnen. Und dieses Bedürfnis, ihnen nahe zu sein, fühlte sich so fremd an wie ein Stein von einem fernen Planeten. Matthias konnte sich nicht erinnern, wann er es das letzte Mal gespürt hatte. Er war auch früher schon aus beruflichen Gründen ein paar Tage von zu Hause fort gewesen. Es hatte ihm nie etwas ausgemacht. Im Gegenteil: Immer hatte er die willkommene Gelegenheit genutzt, seinem häuslichen Ärger zu entfliehen, dem Missmut über seine duckmäuserischen Jungen und dem Groll gegen seine widerstandslose Frau. Aber jetzt beeilte Matthias sich, so bald wie möglich bei seiner Familie zu sein.

Als er seinen Wagen in der Einfahrt vor seinem Haus parkte, klang das unbeschwerte Lachen seiner Söhne zu ihm heraus. Doch kaum betrat er den Hausflur, verstummte ihre kindliche Fröhlichkeit so plötzlich, als hätte jemand einen Schalter umgelegt. Matthias fand nur zwei scheue und mutlose Kinder, die seinen Blicken nicht standhielten.

„Hallo", sagte Matthias und beugte sich zu ihnen herunter.

Behutsam nahm er ihre Hände und schob sie zusammen mit seinen eigenen in die Jackentaschen des sandfarbenen Anzugs. Was sie darin fanden, war für alle drei eine Überraschung.

# V.

*Sie fanden aber den Stein weggewälzt vor dem Grab und gingen hinein und fanden den Leib des Herrn Jesus nicht. Und als sie darüber bekümmert waren, siehe, da traten zu ihnen zwei Männer mit glänzenden Kleidern. Sie aber erschraken und neigten ihr Angesicht zur Erde. Da sprachen die zu ihnen: Was sucht ihr den Lebenden bei den Toten. Er ist nicht hier, er ist auferstanden.*

Mitternacht war längst vorüber. Noch lagen die Straßen unter einem glitzernden Sternenhimmel wie unter einer schützenden Decke. Nirgendwo eine Menschenseele. Bloß zwei Männer lungerten vor dem kleinen Einfamilienhaus. Der eine umklammerte eine Eisenstange, die beinahe so lang war wie er selber. Der andere lehnte am Gartenzaun. Suchend wanderte sein Blick zwischen Rhododendronsträuchern den Kiesweg entlang bis zur Haustür.

„Nichts", stellte er fest.

„Sie wird schon noch kommen", sagte der mit der Eisenstange hoffnungsvoll, „du wirst sehen ..."

„Oder er kommt ...", überlegte der andere, „oder alle beide."

„Das glaube ich nicht ... wenn sie sich doch streiten", widersprach der Erste.

Abschätzend hob er die Eisenstange ein Stück über den Boden.

„Die hättest du dir sparen können", sagte der Erste.

„Und die Steine?", wandte der andere ein, „weißt du

nicht mehr? Damals war es nur ein einziger Felsbrocken, den wir wegrollen sollten. Aber, Himmel noch mal, wie riesig ist er gewesen. Da war es gut, dass ich die Stange dabeihatte. Du musst zugeben, dass sie uns die Arbeit sehr erleichtert hat, so lang wie sie ist ... Sie hat wirklich eine tolle Hebelwirkung." Seine Worte klangen so treuherzig, dass sein Freund lachen musste.

„Du hast Recht", gab er zu, „aber diesmal sind es nicht Steine aus Geröll oder Felsen ... Es gibt eine Menge mehr, was den Zugang zum Leben verschließt."

„Ja, ich weiß", sagte sein Freund bekümmert, „trotzdem ... Also, eigentlich weiß ich gar nicht so genau, was wir überhaupt tun sollen. Damals war alles so einfach und klar. Jedenfalls für uns. Wir brauchten nur die Höhle zu öffnen, in der sie ihn begraben hatten. Aber heute ..."

„Heute werden wir genau dasselbe tun", antwortete der andere zuversichtlich, „die Steine, mit denen wir es jetzt zu tun haben, sind zwar oft nur schwer zu erkennen, aber ich fürchte, wenn sie nicht zur Seite geräumt werden, bleibt das Leben dahinter verborgen und kann sich nicht entfalten. Und das wäre doch schade, oder?"

„Ja, sicher ... trotzdem ... Ich verstehe eben bloß nicht, warum die Menschen immer und immer wieder das Leben begraben. Ich möchte wirklich mal wissen, was eigentlich mit ihnen los ist. Wie können sie bloß so hässlich miteinander sein, so bitter und voller Streit ... nach allem, was damals passiert ist ..."

„Die Erde ist eben immer noch nicht der Himmel", seufzte der andere.

Den Himmel auf Erden hatten sie sich gewünscht. Aber dann war alles anders gekommen.

Am Anfang hatten Bernd und Sabine Zimmermann sich so gut verstanden ... Ihre Ehe hatte so begonnen, wie die meisten Kitschromane enden, herrlich romatisch und voller schöner Träume. Aber dann hatte der Alltag sie eingeholt. Die Liebe hatte sich abgenutzt wie ein oft benutzter Fußabtreter. Weiter war gar nichts passiert. Irgendwann hatten sie nur aufgehört, sich umeinander zu bemühen. Die Aufmerksamkeit für den anderen verkroch sich in den hintersten Winkel ihrer Herzen wie in eine Höhle. Sie sank in sich zusammen und erstarrte. Statt ihrer schlichen sich unbemerkt winzige Hässlichkeiten in die Beziehung, säten hier ein bisschen Misstrauen und dort kleine Enttäuschungen. Worte klangen bitterer als sie gemeint waren und Blicke klagten an.

Sabine hatte als Erste bemerkt, wie es zwischen ihnen stand.

„Wenn du nur etwas mehr Zeit für mich hättest", hatte sie sich beklagt.

Danach hatte Bernd sich tatsächlich wieder Mühe gegeben. Aber Sabine fand, es war nicht viel dabei herausgekommen. Sie hatte den Eindruck, dass er sie einfach nicht mehr verstand. Am Anfang war doch alles so einfach gewesen ... Aber jetzt ... Jetzt verbrachte er seine Abende scheinbar lieber im Büro oder beim Squash mit Kollegen oder in den Bars der Stadt anstatt mit ihr ... Sicher glaubte er, Sabine habe keine Ahnung davon. Bernd tischte ihr einfach irgendwelche Geschichten auf von Konferenzen, Arbeitsessen und dergleichen. Doch für wie dumm hielt er sie eigentlich?

Bald brauchte er sie nicht mehr anlügen, denn mittlerweile hatte sie sich angewöhnt, nicht mehr auf ihn zu warten. Sie schlief meistens schon, wenn er spät in der Nacht nach Hause kam.

Aber dann hatte sie beschlossen, dass sich etwas ändern müsse. Und deshalb war sie heute Nacht wach geblieben. Nachdem sie den Abwasch erledigt und das Essen für den nächsten Tag vorbereitet hatte, war sie einfach in der Küche geblieben, hatte Tee gekocht, sich auf einem der unbequemen Küchenstühle niedergelassen und stundenlang an die Wand gestarrt, immer auf dieselbe vergilbte Stelle, wo sich die Tapete löste, was ihren Ärger nicht gerade besänftigte.

Morgendämmerung sickerte schon durch die Fenster, als Bernd sich endlich in die Wohnung schlich. Sabine saß immer noch am Küchentisch, die blonden, sonst kunstvoll hoch gesteckten Haare nachlässig gelöst, ihre grünen Augen starrten kalt wie das Meer über ihre Teetasse hinweg. Vor ihr lag aufgeschlagen ihr kleiner Taschenkalender.

„Willst du auch noch was trinken“, rief sie.

Schuldbewusst schlurfte Bernd in die Küche.

„Du bist noch auf?“, murmelte er, beugte sich über sie und küsste unverbindlich ihre Stirn.

„Irgendwann müssen wir ja mal reden“, maulte Sabine, schob mit der einen Hand die Tasse von sich und tippte mit der anderen auf den Kalender.

„Oder können wir wenigstens mal einen Termin vereinbaren?“

Bernd seufzte, wahrscheinlich, weil er wieder mal nichts kapierte oder vielleicht auch vor Erleichterung.

Vielleicht hoffte er, diesmal einem Verhör zu entgehen.

Richtig gehofft, dachte Sabine bitter, sie würde ihn nicht mehr zwingen, sie anzulügen. Doch was bedeutete schon zwingen. Immerhin war es sein eigener Entschluss, ihr die Unwahrheit zu sagen. Aber ob sie die Wahrheit vertragen würde? Und was war überhaupt Wahrheit ...

Wenn sie doch bloß miteinander reden könnten ...

Vielleicht, wenn sie sich Zeit füreinander nehmen würden, einen Termin finden könnten ...

„Zahnarzt, oder so?", fragte Bernd lächelnd.

„Nein, Sabine", sagte Sabine.

„Ach, Sabine", seufzte Bernd, „was soll das denn jetzt mitten in der Nacht."

„Es ist fast Morgen", erwiderte Sabine gereizt, „und wenn nicht jetzt, wann sonst?"

Sie spürte, wie sich ihre Stimme gefährlich in höhere Tonlagen schraubte. Schon wandte Bernd sich achselzuckend um. Wenn sie irgendetwas erreichen wollte, dann musste sie ruhig bleiben. Also nahm Sabine sich zusammen. Der Tee half ihr dabei. Er war zwar schon völlig abgekühlt, schmeckt schal und bitter, trotzdem leerte sie die Tasse in einem Zug, bevor sie zu einer Erklärung ansetzte.

„Ja, auch der Zahnarzt", begann sie, „da wäre ein Termin längst fällig und auch sonst ... Es gäbe so viel zu tun ... im Haus und im Garten ... Aber immer lässt du mich mit allem allein ..."

Sabines Blick heftete sich wieder auf die sich ablösende Tapete, und sie dachte daran, dass Bernd die

Küche schon im letzten Herbst renovieren wollte. Und dann fiel ihr auch noch die Hecke ein, die geschnitten werden musste und die Steine, die er versprochen hatte aus dem Boden zu graben, damit sie endlich das Staudenbeet an der Terrasse anlegen konnte. Aber Bernd kam ja immer erst so spät nach Hause. Doch wenn sie jetzt damit anfinge, würde er bloß mit irgendwelchen Ausflüchten kommen. Und unversehens würden beide sich wieder im Teufelskreis von Lüge und Misstrauen verstricken. Sabine hatte sich vorgenommen, es diesmal nicht so weit kommen zu lassen. Sie schluckte zwar schwer an ihren Vorwürfen. Aber dann besann sie sich auf ihr eigentliches Anliegen. Sie hatte stundenlang Zeit gehabt, sich die Worte zurechtzulegen.

„Ich habe mir überlegt, wie es wäre, wenn wir uns richtig verabreden würden, so wie früher, als wir uns gerade kennen gelernt hatten, als noch alles neu war zwischen uns und so ... so lebendig ...“

„Lebendig?“

Sabine nickte.

„Ja, ich dachte ...“

„Bitte, Sabine, nicht mehr heute“, stöhnte Bernd.

So war es immer: Sie startete einen Versuch, aber er ...

Ihre Bemühungen endeten immer bei seiner Ablehnung. Es hatte wohl alles keinen Zweck.

Ohne ein weiteres Wort erhob sie sich, löschte das Licht in der Küche und tappte ins dunkle Badezimmer. Bernd folgte ihr. Auch er ließ es dunkel. Nur der Schein einer Straßenlaterne warf diffuses Licht über die Badfliesen, schimmerte silbern im Spiegel über dem Waschbecken, in das Sabine Wasser laufen ließ. Jetzt griff sie nach ihrer Zahnbürste, hielt sie unter den Strahl und drückte Zahncreme auf die Borsten.

Bernd hatte sich auf den Rand der Badewanne gesetzt. Er suchte in seiner Hosentasche nach der Zigarettenschachtel, fand sie halb zerdrückt, entnahm ihr eine Zigarette und versuchte, sie geradezubiegen. Es misslang. Trotzdem zündete er sie an. Im Spiegel sah Sabine, wie er sie musterte, rauchend und abwartend, sein Gesicht grau gefärbt vom Zwielicht und von den Schwaden, die sich lastend zwischen sie schoben.

Da plötzlich hielt Sabine es nicht mehr aus. Sie wirbelte herum und kreischte: „Muss das im Bad auch noch sein mit deiner blöden Qualmerei?"

Was war bloß in sie gefahren? Manchmal hatte sie sich doch auch eine Zigarette angezündet. Aber jetzt waren ihr der Qualm und Bernd und überhaupt die ganze Situation unerträglich. Sabine wusste nicht, wie sie da heraussollte.

Wie besessen begann sie ihre Zähne zu putzen. Weißer Schaum quoll wie geronnene Milch aus ihrem Mund. Speichel lief in kleinen, fadenziehenden Rinnsalen aus den Mundwinkeln und tropfte auf ihre Bluse. Sabine stöhnte vor Anstrengung. Plötzlich schien es nichts Wichtigeres zu geben als das Putzen ihrer Zähne. Aber anstatt den Schaum in das Waschbecken unter sich zu spucken, schleuderte sie ihn mit aller Kraft an den Spiegel, einem Frauengesicht entgegen, in dem sie vergeblich nach vertrauten Zügen suchte. Augen, dunkelgrün und feucht wie Gummibaumblätter, blitzen ihr fremd und Unheil verkündend entgegen. Bernd musste die Veränderung auch bemerkt haben. Fassungslos sprang er hoch.

„Was ist denn in dich gefahren“, stieß er hervor.

Die halb ausgerauchte Zigarette kullerte in die Badewanne.

„Das wollte ich schon lange mal“, sagte Sabine ungerührt, rauschte aus dem Bad ins Schlafzimmer, riss Schranktüren auf und zerrte Schubladen heraus, stopfte Hosen und Röcke, Pullover und Blusen und Wäsche in eine Tasche, die sie mit einem Handgriff unter dem Bett hervorgezogen hatte. Mit Genugtuung hörte sie Bernds Schritte hinter sich. Sollte er ruhig verwirrt sein und hilflos. Was ging es sie noch an?

Bernd stand in der Schlafzimmertür und starrte sie entgeistert an.

„Zwischen uns ist sowieso längst alles tot“, sagte Sabine.

Ungerührt wuchtete sie sich die Tasche auf die Schulter und schob Bernd zur Seite. Die Haustür krachte lauter ins Schloss, als sie es beabsichtigt hatte.

„Da ist sie“, flüsterte der mit der Stange.

„Endlich“, seufzte der andere, „es wird schon fast Tag.“

Er stieß sich vom Zaun ab und öffnete lautlos die Gartentür. Noch konnte die Frau sie nicht sehen. Die Rhododendren verbargen sie mit ihrem dichten Blätterwerk. Hier und da sprangen schon erste Knospen auf.

Der mit der Stange trat auf den Kiesweg, zog den anderen mit sich durch das Tor.

„Sie wird sich erschrecken“, sträubte sich der.

„Unsinn, sie wird uns erkennen ...“

„Das glaube ich nicht. Noch nie hat uns jemand von

selbst erkannt, denk nur an damals, an die Frauen, als sie zum Grab kamen ...", wandte der Erste ein.

Doch sein Freund war schon tief in den Garten eingedrungen. Gleich würde er auf die Frau treffen. Entschlossen stapfte sie den Weg herunter. Die Tasche zog ihren Oberkörper nach vorne, ihren Blick hielt sie starr nach unten gerichtet.

Hastig folgte der Mann seinem Freund.

„Sie sieht traurig aus", flüsterte er ihm zu, „verzweifelt ..."

„Ja, es wird Zeit, dass wir etwas unternehmen", antwortete der andere und stieß seine Stange in den Kies.

Das ungewohnte Geräusch machte, dass Sabine ihren Kopf hob. Als Erstes sah sie die schwere Eisenstange, dann die zwei Männer. Sie standen unmittelbar vor ihr, wie vom Himmel gefallen. Erschrocken fuhr Sabine zusammen. Angst lähmte ihre Entschlossenheit, nagelte ihre Füße am Boden fest und zog alle Kraft aus ihren Armen. Die Tasche rutschte ihr von der Schulter, auf einer Seite sprang der Verschluss auf. Ein Jackenärmel quoll durch den Spalt.

„Wer sind Sie, was machen Sie hier?", presste sie hervor.

„Frau Zimmermann? Sabine Zimmermann?", fragte einer der Männer behutsam. „Sie brauchen sich nicht zu fürchten ..."

„Oder wissen Sie nicht, dass Liebe nicht da existieren kann, wo die Angst herrscht?", unterbrach ihn der andere.

Unsicher blickte Sabine von einem zum anderen. Der mit der Stange lächelte jetzt. Der andere zupfte ihn tadelnd am Ärmel.

„Du bist zu früh", raunte er seinem Freund zu, „das kann sie noch gar nicht verstehen."

Doch Sabine verstand ihn sehr wohl. Angst und Liebe … Sie hatte längst geahnt, dass diese beiden Empfindungen sich gegenseitig ausschlossen. Zumindest bei ihr und Bernd war es so gewesen. Ihr Misstrauen ihm gegenüber war jedenfalls nichts anderes gewesen als die Angst davor, dass ihre Beziehung völlig zerbrechen könnte. Und sie hatte keine andere Möglichkeit gewusst, als darauf mit Bitterkeit und Vorwürfen zu reagieren …

Doch was hatten diese beiden Fremden damit zu tun? Es war doch wohl verständlich, dass sie vor ihnen erschrak? Immerhin waren sie ihr fremd … und dann auch noch diese Stange … Besonders Vertrauen erweckend wirkte die tatsächlich nicht.

Als ob er ihre Gedanken gelesen hätte, erklärte der mit der Stange: „Es ist nicht immer alles so, wie es scheint. Wir sind …"

„Wir sind gekommen, um die Steine wegzuräumen", unterbrach ihn der andere eilig, „und mein Freund dachte, dass er dazu die Stange brauchen würde. Aber ich glaube, dass Vertrauen genügt."

„Ich soll Ihnen vertrauen?"

Sabine schnappte nach Luft.

Was dachten die beiden sich eigentlich? Tauchten einfach in ihrem Garten auf, verstellten ihr den Weg und verhinderten so, dass sie weglaufen konnte. Wovor eigentlich? Vor Bernd?

Sicher saß der jetzt völlig zerknirscht auf der Bettkante. Wahrscheinlich wusste er nicht einmal, was überhaupt los war. Typisch für ihn … Dabei hatte sie ihm doch immer wieder zu erklären versucht ... Nein, sie hatte nicht erklärt, sie hatte genörgelt. Sie hatte ihn angeklagt und ihm Dinge unterstellt, von denen sie nur annahm, dass sie den Tatsachen entsprachen. Vielleicht gab es tatsächlich Sitzungen und Konferenzen, die bis spät in die Nacht dauerten. Was wusste sie denn schon von Bernds Arbeit. Sie hatte sich ja nie dafür interessiert. Es gab eine Zeit, da hatte er von seinem Berufsalltag berichtet. Aber sie hatte nie sonderlich aufmerksam zugehört, war immer zu beschäftigt gewesen mit ihren Erwartungen und Wünschen, zum Beispiel nach einer neuen, sauberen Küche. Und dem Staudenbeet an der Terrasse. Sie hatte es sich so schön ausgemalt, abends dort, umgeben von duftenden Blumen, mit Bernd zu sitzen, den Vögeln zu lauschen und zu beobachten, wie die Sonne hinter den Bäumen verschwand. Aber dazu war es nie gekommen. Die Terrasse lag schon seit Wochen unaufgeräumt, blumenleer und völlig unromantisch da. Natürlich wegen der Steine. Wegen der Steine?

Plötzlich musste Sabine lächeln. Ja, die Steine. Hatte einer der beiden nicht eben erklärt, sie seien genau wegen der Steine gekommen? Vielleicht hatte Bernd sich ja doch gekümmert, vielleicht nahm er ihre Wünsche doch ernster, als sie geglaubt hatte. Die Zeit war zwar ungewöhnlich. Sabine hatte noch nie davon gehört, dass Gärtner vor Tau und Tag mit ihrer Arbeit begannen. Aber warum eigentlich nicht? Sie musste zugeben, dass sie auch davon keine Ahnung hatte. Himmel noch mal, was war sie ignorant gewesen ... Von wem hatte sie überhaupt eine Ahnung? Beschämt musste Sabine sich eingestehen, dass sie selten darüber nachgedacht hatte, wie andere lebten, wie sie ihren Tag gestalteten, was ihnen wichtig war. Wenn sie sich wenigstens etwas mehr für Bernd interessiert hätte ... Wer weiß, vielleicht wäre dann alles anders gekommen.

Dass ausgerechnet jetzt diese beiden Männer hier auftauchten.

Sabine musste schon wieder lachen. Ganz leicht, wie Sprudelwasser, stieg ein Gluckser in ihr hoch und verdrängte unbemerkt ihren Schrecken. Die Schwere aus ihren Beinen löste sich, und die Kraft kehrte in ihre Arme zurück, sie wusste selbst nicht, woher sie plötzlich kam. „Vertrauen soll genügen, um Steine wegzuräumen?“, kicherte sie, „das wäre ja mal was ganz Neues ...“

„Ja, nicht wahr?“, freute sich der mit der Stange.

Und der andere schloss sich sofort an: „Zumindest wäre es einen Versuch wert ... Ich meine, Sie könnten uns ja einfach glauben und nicht gleich das Schlimmste annehmen.“

„Na, Sie machen mir Spaß“, lachte Sabine, „wo heute so viel passiert ...“

„Und warum passiert so viel?“, ereiferte sich der mit der Stange, „weil die Menschen sich misstrauen, weil sie unsicher sind und Angst voreinander haben. Dabei ist es so, wie ich es vorhin schon einmal sagte: Wo Angst ist, kann keine Liebe sein ...“

Ich muss die beiden ja nicht gleich lieben, dachte Sabine belustigt. Aber nett sind sie schon ... Zwar auf eine fast unwirkliche, aber herrlich offenherzige Art. So wie sie reden und wie sie vor einem stehen, hat man fast den Eindruck, durch sie hindurchsehen zu können. Sabine seufzte. Wenn doch ihr eigenes Leben, wenigstens jedoch ihre Beziehung zu Bernd so transparent sein könnte. Dann gäbe es nicht mehr viel, wovor sie sich zu fürchten brauchte. Aber irgendetwas hatte ihr den Blick getrübt, wahrscheinlich ihre eigene Bitterkeit und die vielen enttäuschten Erwartungen ... Wenn sie wenigstens die mal zur Seite schieben könnte, vielleicht könnte sie Bernd dann in einem ganz neuen Licht sehen.

Es ist nicht immer alles so wie es scheint, hatte der mit der Stange vorhin gesagt. Vielleicht traf das ja auch auf Bernd zu.

„Ich könnte doch tatsächlich einfach einmal nur vertrauen", sagte Sabine. Und weil die beiden Männer sie verwundert wie Kinder anschauten, fügte sie rasch hinzu: „Ich meine, vielleicht sind Sie ja wirklich bloß hier, um die Steine wegzuräumen. Deshalb werden Sie sicher nichts dagegen haben, wenn ich jetzt erst einmal mit meinem Mann spreche", sagte Sabine, drehte sich auf dem Absatz um und war mit wenigen Schritten beim Haus. Die verdutzten Männer ließ sie neben ihrer Tasche auf dem Kiesweg zurück.

„Und was jetzt?" fragte der mit der Stange.

Der andere grinste.

„Ich habe dir gleich gesagt, dass wir dein Werkzeug nicht brauchen. Es hat auch ganz gut ohne geklappt."

„Und es war gar nicht so schwer", stimmte der mit der Stange ihm zu.

Dann machten sich die beiden auf ihren langen Rückweg. Die Stange nahmen sie natürlich mit. Nur die Tasche ließen sie stehen. Später würde die Frau sie holen, oder der Mann ... Vielleicht sogar der Mann ...

# VI.

*Und sie gedachten seiner Worte. Und sie gingen wieder weg vom Grab und verkündigten das alles den elf Jüngern und den anderen. Es waren aber Maria von Magdala und Johanna und Maria, des Jakobus Mutter und die anderen mit ihnen, die sagten das den Aposteln. Und es erschienen ihnen diese Worte als wär's Geschwätz, und sie glaubten ihnen nicht. Petrus aber stand auf und lief zum Grab und bückte sich hinein und sah nur die Leinentücher und ging davon und wunderte sich über das, was geschehen war.*

Ein Theaterstück:

Schauplatz: Zuschauerraum und Bühne stellen Abteile eines überfüllten Zuges dar.
Personen: Viktor E. Frankl, Simon Petrus

Simon Petrus sitzt an einem Fensterplatz in Fahrtrichtung. Er starrt hinaus.

Frankl (quetscht sich durch den Zuschauerraum hindurch, sucht dabei mit den Augen nach einem leeren Platz, entdeckt ihn schließlich auf der Bühne)
Entschuldigen Sie, ist der Platz dort neben Ihnen frei?

Simon (nickt, weist mit der Hand auf den Platz neben

sich, starrt dann wieder geistesabwesend aus dem Fenster.)

Frankl (blickt an Petrus vorbei ebenfalls hinaus, aber interessiert)
Entschuldigung, können Sie mir sagen, wohin dieser Zug fährt?

Simon Keine Ahnung.

Frankl (lacht) Wer nicht weiß, wohin er reist, kann leicht da ankommen, wo er nicht hin will.

Simon Also, ich fahre zurück.

Frankl Bitte?

Simon (ärgerlich) Zurück, wohin sonst?

Frankl (lacht) Aber nein! Sehen Sie doch, wir kommen von dort hinten und fahren nach da vorne. Und deshalb reisen wir natürlich nicht zurück.

Simon Sie vielleicht nicht. Was weiß ich, was Ihr Ziel ist. Ich jedenfalls fahre zurück zu meiner Familie, zu meinem Boot und zu meinen Fischernetzen.

Frankl Ach, Sie sind Fischer? Das ist ein interessanter Beruf.

Simon Nein, ist es nicht, denn manchmal fängt man was und manchmal nicht. Ein Fischer ist so ... so ausgeliefert. Da denke ich, ich hab den großen Fisch im Netz, zerre und ziehe und strenge mich an wie verrückt, und dann, dann hängen nur ein paar verbeulte Kochtöpfe oder alte Stiefel oder so etwas drin, Sie wissen schon, lauter Sachen, die andere loswerden wollten, eben Müll.

Frankl ... Aber wenn das Fischen nicht Ihre Sache ist, wozu fahren Sie dann dorthin?

Simon Wohin sollte ich sonst reisen?

Frankl Dahin, wo es für Sie einen Sinn macht.

Simon Den gibt es nicht mehr.

Frankl Wie bitte?

Simon (ungeduldig) Einen Sinn ... den gibt es nicht mehr.

Alles, was in meinem Leben Sinn machte, ist zerbrochen. Es sind nur Enttäuschung und ein großer Trümmerhaufen geblieben.

Frankl Aber oft sind es erst die Ruinen, die den Blick auf den Himmel freigeben.

Simon Der Himmel ... Ich habe geglaubt ... Wissen Sie ...

(streckt die Hand aus)

übrigens: Ich heiße Petrus, Simon Petrus.

Frankl Sehr erfreut, Herr Petrus. Und mein Name ist Viktor Frankl, Experte für Sinnfragen.

(greift Simons ausgestreckte Hand)

Simon Was für ein Experte?

Frankl Für Sinnfragen. (lacht) Ich bin Professor für Neurologie, und im Zuge meiner Arbeit ... Verstehen Sie, Freud ist der Begründer der Psychoanalyse, Adler der der Individualpsychologie ... Und ich, ich habe die Logotherapie entwickelt.

Simon Ja, die kenne ich. Sie meinen : Am Anfang war Logos ... nicht wahr?

Frankl Nein. Ich meine Logos nicht in der Bedeutung von „Wort“, sondern von „Geist, Sinn“ oder auch „Gemüt". Wissen Sie, ich bin der Frage nachgegangen: Was gibt unserem Handeln einen Sinn.

Simon Diese Frage stelle ich längst nicht mehr.

Frankl Warum nicht? Wollen Sie darüber reden?

Simon Ach, ich weiß nicht ... weshalb?

Frankl Vielleicht könnten Sie dabei Ihre Meinung über das, was Sie erlebt haben, ändern?

Simon Wie meinen Sie das?

Frankl Nun, genauso wie der alte Philosoph Epikur bin ich zu der Überzeugung gelangt, dass es nicht die Dinge oder Umstände sind, die einen Menschen beunruhigen, sondern seine Haltung, die er diesen Dingen gegenüber einnimmt.

Simon Ihr Epikur hat sicher nicht erlebt, was ich erlebt habe.

Frankl Jeder hat schon einmal gelitten, und kein anderer kann beurteilen, ob es viel oder wenig gewesen ist, denn Leid hat kein Maß. Es füllt die menschliche Seele gleichmäßig und vollständig aus, genauso wie Gas einen Hohlraum.

Simon Was verstehen Sie denn davon?

Frankl (lacht) Von Gas einiges, zumindest von seiner Auswirkung. Ich habe nämlich drei Jahre in der ständigen Angst gelebt, durch Gas umzukommen, damals während der NS-Zeit ... Sie wissen schon: die Gaskammern von Theresienstadt. Ja, ich hätte vorher abhauen können. Das Visum nach Amerika hatte ich schon in der Tasche. Aber da waren meine Eltern ... Ihretwegen bin ich geblieben. Aber genützt hat es nichts. Sie starben trotzdem im Gas, sie und mein Bruder und auch meine Frau. Sie sind alle tot.

**Simon** Und da lachen Sie? Ich an Ihrer Stelle wäre wütend, stinksauer. Ich würde … ich würde … Die Täter, die müssten … Wissen Sie, ich habe damals einem das Ohr abgehauen …

**Frankl** Und? Hat es was genützt?

**Simon** (bekümmert): Nein
(starrt wieder aus dem Fenster)
Sie haben ihn trotzdem geholt.

**Frankl** Wen?

**Simon** Meinen Freund. Auf ihn hatte ich alle meine Hoffnungen gesetzt … Ich war mir so sicher, dass er der ist, auf den die Menschen warten. Er hatte Autorität, und er wusste zu reden. Er hat Menschen geheilt und satt gemacht. Ja, er war ein Wundertäter, nichts schien ihm unmöglich. Er lief sogar auf dem Wasser und – stellen Sie sich vor – ich auch! (plötzlich begeistert) Ist das nicht toll? Er konnte machen, dass ich auf dem Wasser lief. Ich brauchte nur seine Hand zu greifen. Jetzt halten Sie mich wahrscheinlich für verrückt, nicht wahr? Aber es war wirklich so: Er hatte Macht über Wasser, Wellen und Sturm … Und selbst der Tod … Aber was rede ich. … jetzt ist alles vorbei.

**Frankl** Es ist nur dann vorbei, wenn einer aufgibt. Haben Sie aufgegeben?

**Simon** Nein … Ja … ach, was weiß ich. Sie stellen wirklich merkwürdige Fragen. Dabei geht es doch gar nicht nur um mich. Verstehen Sie? Er ... er hat aufgegeben. Sie hätten ihn sehen sollen. Wie ein Schaf zur Schlachtbank hat er sich zur Hinrichtungsstätte führen lassen. Er hat sich nicht gewehrt ... Sie haben ihn geschlagen, und er hat sich nicht einmal verteidigt. Dabei war ich mir so sicher gewesen, dass er Möglichkeiten gehabt hätte. Ich habe geglaubt ... Aber ich habe mich wohl getäuscht.

Frankl Aber ganz und gar nicht, schließlich hat jeder Mensch Möglichkeiten.

Simon (springt auf) Sind Sie verrückt? Er, er vielleicht, aber wir anderen? Natürlich versuchen wir es irgendwie. Damals habe sogar ich mit dem Schwert dazwischengeschlagen. Aber geändert hat sich deswegen gar nichts. Wir können uns noch so abstrampeln. Es ist wie mit dem Fischen: Entweder man zieht den dicken Fisch an Land oder eben nur Müll. Wer kann das schon beeinflussen?

Frankl Sie haben Recht. Die Umstände müssen wir manchmal hinnehmen. Aber seine Haltung, die kann ein Mensch selbst bestimmen.

Simon Das sagten Sie schon vorhin. Aber zu leiden ist nun mal nicht besonders lustig.

Frankl Nein, das ist es sicher nicht. Trotzdem denke ich, dass es nicht entscheidend ist, was uns angetan wird, sondern wie wir darauf reagieren. Das jedenfalls ist mein Standpunkt. Ich würde ihn nie auszusprechen wagen, wenn ... wenn ich Theresienstadt nicht erlebt hätte. Sie haben mir dort alles genommen, alles bis auf das nackte Leben. Aber etwas konnten Sie mir nicht nehmen: Nämlich meine Freiheit, zu wählen, wie ich auf das reagiere, was mir Menschen antun.

Simon (hat sich langsam wieder hingesetzt, starrt draußen auf die Landschaft, nachdenklich) Vielleicht hat er ja auch gewählt.

Frankl Wer?

Simon Mein Freund natürlich.

Frankl Vielleicht.

(eine lange Zeit schweigen beide in Gedanken versunken, schließlich bricht es aus Simon hervor)

Simon Aber warum? Warum hat er den Tod gewählt?

Frankl Nicht *warum, sondern wozu.*

Simon Ja, vielleicht hat er den Sinn gewusst. Wir anderen sind drei Jahre mit ihm gelaufen, haben ihn gehört und seine Wunder miterlebt. Trotzdem haben wir nichts kapiert. Dabei hat er es uns selber vorausgesagt. Jetzt erinnere mich wieder. Da sagte er, so, als hätte er alles von Anfang an gewusst: Wer sein Leben verliert …

Frankl (eifrig) Genau, denken Sie daran, was wir damals im Dritten Reich alles verloren haben, wir Juden …

Simon Ich bin auch Jude

Frankl Dann werden Sie es verstehen, Herr Petrus. Wir hatten nichts mehr, an das wir uns hätten klammern können.

Simon Ich habe nun auch nichts mehr …

Frankl Sehen Sie? Das ist ein Geheimnis. Unser Leben

war nur noch Dreck, sinnlos und nicht mehr wert, gelebt zu werden, wenn wir nicht jeden Augenblick bereit gewesen wären, es hinzuschmeißen für etwas Anderes.

Simon Etwas Anderes? Für was denn?

Frankl Nennen Sie es, wie Sie es wollen ...

Simon Hören Sie, Herr Frankl, jetzt gehen Sie aber doch zu weit. Keiner schmeißt einfach so sein Leben hin.

Frankl Warum nicht, wenn dieses Hinschmeißen sinnvoll wäre?

Simon Sinnvoll? Das nennen Sie sinnvoll, wenn zuletzt alles hin ist.

Frankl Manchmal wird das Leben eines Menschen erst wirksam durch sein Sterben. Denken Sie nur an die Gelehrten, Wissenschaftler und Philosophen. Erst nach ihrem Tod ...

Simon Aber mein Freund sprach vom Leben. Verstehen Sie das denn nicht? Er war nicht irgendein Philosoph oder so etwas, eigentlich bin ich mir immer noch sicher, dass er ... Ach, wenn er bloß nicht gestorben wäre. Er, der von sich behauptete, dass er das Leben selber sei. Wissen Sie, er hatte Pläne, sogar mit mir. Ich sollte Menschenfischer sein. Begreifen Sie denn nicht, was das bedeutet? Keine alten Stiefel mehr, keinen Müll, keinen Schrott, sondern Menschen. Ich sollte für ihn Menschen gewinnen. Und wie begeistert ich war! Alles, alles hätte ich für ihn getan.
(senkt plötzlich die Stimme)

Nur als es ans Sterben ging ... Ich war so verzweifelt. Da habe ich nicht mehr zu ihm stehen können. Ja, Sie haben Recht, es ist meine Verantwortung, wie ich in einer Krise reagiere. Ich habe es zu verantworten, dass ich meine Freundschaft zu ihm verleugnet habe. Dreimal sogar. Ich kann Ihnen gar nicht sagen, wie Leid mir das tut. Ich wünschte, ich hätte noch eine Chance.

Frankl (zu den Zuschauern) Das wünschen sich alle, nicht wahr? Aber jeder muss seinen Weg zu Ende gehen.

Simon Und genau das werde ich tun. Jetzt dauert es nicht mehr lange. Ich sehe schon die heimatlichen Hügel und dort, sehen Sie? Dort hinten liegt der See.

Frankl Ist das Ihr Ziel, Herr Petrus?

Simon (zuckt wieder mit den Schultern)
Was fragen Sie noch? Mein Ziel wäre es, das zu tun, was er sich gewünscht hat: Menschen für ihn zu gewinnen. Aber nun, wo er tot ist ... Nein, nein, mein lieber Herr Frankl, da können sie noch so viel von Sinn, Eigenverantwortung und einer positiven Haltung reden ... Nicht mehr lange, dann werde ich sowieso wieder da sein, wo ich angefangen habe, nämlich bei meinen Netzen und bei meinem Boot. Sehen Sie, schon läuft der Zug in den Bahnhof ein.

Frankl Können Sie sich gar nicht vorstellen, dass vielleicht alles anders gewesen ist oder noch anders wird? Was könnte nicht alles passieren, wenn

wir uns den Blick für Überraschendes offen hielten. Sehen Sie nur, die Frauen dort zum Beispiel ...
(deutet durch das Fenster auf den Bahnsteig hinaus)

Simon (springt auf, tritt ans Fenster, neugierig, dann erregt)
Tatsächlich! Frauen, lauter Frauen. Und dort drüben, die kenne ich doch! Ist das nicht Maria und dort, Magdalena und all die anderen ... Und hören Sie nur: Sie rufen uns etwas zu!
(schiebt das Fenster herunter, lehnt sich hinaus)
Er lebt? Sie sagen: Er lebt? Aber wie kann das möglich sein?

Frankl Es gibt immer eine Wendung.

Simon Ach was, es wird nicht mehr als Frauengeschwätz sein.

Frankl Ach, Herr Petrus, wenn Sie es doch nur zulassen wollten ... Wenn Sie bloß ihre Augen öffnen würden ...

Simon (lacht) Na, wenn Sie meinen ...
(lehnt sich weiter aus dem Fenster, winkt Maria und Magdalena zu, verharrt plötzlich erschrocken mitten in der Bewegung)
Ja, was ist denn das? Schauen Sie doch. Dort zwischen den Frauen. (Schreit) Dort ... dort! Das ist er! Es ist nicht zu fassen: Er lebt, er lebt wirklich, genauso, wie er es versprochen hat! Und jetzt kommt er sogar auf uns zu, wie damals ... auf dem Wasser. Wenn er nur ... Wenn ich nur ... nur noch eine Chance ...

Frankl (steht langsam auf, tritt neben Petrus, gemeinsam schauen sie auf den Bahnsteig hinaus)
Aber er streckt ja seine Hände nach uns aus.

# VII.

*Als sie aber hingingen, siehe, da kamen einige von der Wache in die Stadt und verkündeten den Hohen Priestern alles, was geschehen war. Und sie kamen mit den Ältesten zusammen, hielten Rat und gaben den Soldaten viel Geld und sprachen: Sagt, seine Jünger sind in der Nacht gekommen und haben ihn gestohlen, während wir schliefen. Und wenn es dem Statthalter zu Ohren kommt, wollen wir ihn beschwichtigen und dafür sorgen, dass ihr sicher seid. Sie nahmen das Geld und taten, wie sie angewiesen waren. Und so ist dies zum Gerede geworden bei den Juden bis auf den heutigen Tag.*

Vor einem halben Jahr, auf den Tag genau, waren Magda und Teprus 25 Jahre verheiratet. Silberne Hochzeit nannte man wohl so ein Fest. Aber gefeiert hatten sie es natürlich nicht. Ein Ehejubiläum zu feiern war schon längst nicht mehr üblich. Das mochte daran liegen, dass es kaum noch Paare gab, die so lange Zeit zusammen blieben. Großer Vater, wer wollte auch schon über zwei Jahrzehnte mit ein und demselben Partner leben. Wer so beständig war, konnte wohl nur als unflexibel und langweilig gelten. Treue war längst antiquiert. Stattdessen war man heute dynamisch. Dass Teprus trotz seiner langen Ehezeit durchaus beweglich geblieben war, zeigte seine aufstrebende Anwaltskarriere. Gleichzeitig mit seinem Ehejubiläum hatte er sogar die Versetzung ins Dunkle Haus geschafft. Der Große Vater selber hatte ihn dank seiner juristischen Verdienste, seines scharfen Verstandes und seiner Loyalität wegen ausgewählt.

Selbstverständlich lag Teprus erste Priorität nun erst recht beim Großen Vater. Magda stand natürlich voll und ganz hinter ihm. Ihr Verständnis war einer der Gründe dafür, dass Teprus bei ihr geblieben war. Außerdem hätte er bei den hohen beruflichen Anforderungen kaum Zeit und Kraft gefunden, sich nach einer neuen Partnerin umzusehen. Und wer wollte schon ohne leben. Eine Partnerin gehörte unbedingt zum Prestige. Doch da eine Ehe nichts anderes als eine Zweckgemeinschaft mit gegenseitigen Nutzen darstellte, profitierte Magda natürlich auch von Teprus. Durch ihn würden ihre Kinder, sollte sie jemals welche bekommen wollen, legalisiert. Vorerst hatte sie keine Ambitionen zur Mutterschaft. Schließlich war sie ebenso wie er damit beschäftigt, ihre berufliche Karriere voranzutreiben. Seine Verbindung zum Dunklen Haus könnten für sie dabei durchaus hilfreich sein.

Magda war Historikerin. Ihr Spezialgebiet war die Überprüfung alter Überlieferungen, insbesondere religiös geprägter. Die Aufdeckung von Irrtümern und Fehlinterpretationen der letzten 2500 Jahre waren dem Großen Vater dabei besonders wichtig. Teprus hatte schon vor Monaten damit begonnen, sich bei ihm für Magda zu verwenden. Immerhin würde es sich auch vorteilhaft auf seinen Ruf auswirken, wenn Magda einen Auftrag direkt vom Großen Vater zugeteilt bekäme.

Teprus hatte nicht damit gerechnet, so schnell Erfolg zu haben.

Heute Morgen, kaum sechs Monate, nachdem er seinen Dienst im Dunklen Haus begonnen hatte, hatte ein Auftragsbeauftragter des Großen Vaters ihm ein kleines schwarzes Kästchen ausgehändigt. Vertraulich selbstverständlich, zusammen mit einem großen Umschlag, auf dem sowohl sein als auch Magdas Name vermerkt war. Teprus hätte ihn also öffnen können. Aber noch genoss er die Spannung.

Die kleine Schachtel wog leicht in seiner Hand. Vorsichtig legte er sie auf das kleine Tischchen, auf dem er zwei Gläser und den besten Jupiterwein, den er auftreiben konnte, aufgebaut hatte. Früher hätte ein romantischer Ehemann vielleicht noch eine brennende Kerze daneben platziert. Aber Kerzen gab es so gut wie gar nicht mehr, ausgenommen natürlich als Ausstellungsstücke in den staatlichen Museen. Und ehrlich gesagt war es Teprus so auch lieber. Denn was sollte das schon für ein Licht sein, das eine Kerze zu spenden im Stande war? Von Romantik einmal ganz abgesehen.

Nein, besser, er schaltete das grüne Licht ein, dass er und Magda sich für Augenblicke der Nähe aufsparten. So würde Magda, sobald sie nach Hause käme, merken, dass er eine besondere Überraschung für sie bereithielt.

Wo sie nur so lange blieb, ausgerechnet heute?

Teprus entkorkte die Flasche und goss Wein in eines der beiden Gläser. Als er es gerade an die Lippen heben wollte, hörte er Magdas Schritte im Vorraum. Das grüne Licht hatte sie vorbereitet. Als sie die Schiebetür zum Wohnzimmer öffnete, trug sie noch ihren Umhang über dem Arm und an ihrer Schulter baumelte ihre kleine Acryltasche. Magda lächelte kokett. Teprus wunderte sich, dass dieses Lächeln trotz ihrer langen Ehe nicht abhanden gekommen war. Allein dafür, dass Magda es sich bewahrt hatte, lohnte es sich, bei ihr zu bleiben.

Und vielleicht lohnte auch der Inhalt des kleinen Kästchens.

„Du kommst spät heute“, begrüßte er sie.

„Tut mir Leid.“

Magda ließ ihren Umhang zu Boden gleiten und fiel selber in eine Sitzschale dicht am Tisch. Ihre Tasche drückte sich gegen ihren rechten Oberschenkel.

„Ich konnte einfach nicht weg. Irgendwie sind wir ganz nah dran. Eigentlich fehlt uns nur noch ein klitzekleines Indiz. Du weißt ja, wie das ist ...“

„Beweis“, unterbrach Teprus sie.

Magda hatte die merkwürdige Angewohnheit, das Vokabular seines Berufszweiges zu gebrauchen. Indiz ... Kein Historiker sagt Indiz, wenn er nach einem Beweis sucht. Teprus hatte den Eindruck, sie wolle ihm auf diese Art die Ergebnisse ihrer Forschungsarbeit so leicht verdaulich darreichen, als sei er geistig minderbemittelt und absolut nicht in der Lage, ihren Ausführungen zu folgen. Meistens endeten solche Gespräche damit, dass er zu gekränkt war, um ihr weiter zuzuhören. Woraufhin sie sich noch mehr bemühte, sich besser verständlich zu machen, natürlich mit einem Wortschatz, wie er auch in seinen Gesetzesbüchern zu finden war. Unerträglich ... Und nun begann sie schon wieder mit dieser Marotte.

„Beweis“, sagte er noch einmal mit einem Anflug von Ärger in der Stimme.

Aber als sein Blick die Schachtel auf dem Tisch streifte, nahm er sich zusammen. Zum Streiten war der Zeitpunkt denkbar ungünstig. „Besser, wir vertagen ihn“, murmelte er vor sich hin.

„Was?“, fragte Magda. „Das kommt gar nicht in Frage. Du hast ja keine Ahnung ... Immerhin soll er ein König gewesen sein, zwar schon vor etwa 3450 Jahren, weshalb er längst Geschichte sein könnte. Aber gerade dieses Projekt ist für unseren Großen Vater von größter Wichtigkeit, weil ...“

„Mindestens so wie dies“, unterbrach Teprus sie noch einmal und deutete auf die schwarze Schachtel und den Briefumschlag, die auf dem Tisch neben Wein und Gläsern lagen. Plötzlich lächelte er.

„Mach auf“, forderte er Magda auf, „ich denke, meine Bemühungen haben sich gelohnt. Es ist direkt aus dem Dunklen Haus.“

Teprus hatte die beste Methode gewählt, um Magda zum Schweigen zu bringen. Seine Überraschung war gelungen. Stumm und ein bisschen angespannt starrte sie auf das Kästen. Teprus musste ihr erst von dem Jupiterwein geben, bevor sie nach der Schachtel griff. Der Deckel war noch verschweißt. Mit ihrem Daumennagel öffnete Magda die Naht. Nun ließ der Deckel sich leicht zurückklappen. Er gab den Blick frei auf ein schwarzes Samtpolster, auf dem ein silbernes Kreuz lag. Es schimmerte wie ein seltenes Schmuckstück. Trotzdem zuckte Teprus erschrocken zurück. Denn auf die Balken war eine Figur geheftet, die sich wie unter Folter wand. Ihr Gesicht war schmerzeverzerrt und die Glieder unnatürlich verformt.

„Ich weiß, dass unser Großer Vater durchaus für Grausamkeiten zu haben ist“, schnappte Teprus, „aber ich hoffe, er verlangt nicht von dir, diesen Schmuck zu tragen. Er ist einfach geschmacklos.“

Zu spät merkte Teprus die Gefahr. Natürlich stand es niemandem zu, den Großen Vater zu kritisieren oder in Frage zu stellen. Nun konnte Teprus nur hoffen, dass Magda seine Worte überhört oder zumindest nicht besonders ernst nehmen würde. Sie führten zwar eine Ehe, in der einer sich beim anderen relativ sicher fühlen durfte – auch dies einer der Gründe, weshalb Teprus bisher an ihrer Beziehung festgehalten hatte –, aber nun hatte er Magda Anlass gegeben, an seiner Loyalität zu zweifeln. Sobald es ihren Interessen entgegenkäme, könnte sie seine unbedachte Bemerkung gegen ihn verwenden. Es war nicht selten, dass Eheleute einander denunzierten.

Doch Magda achtete nicht auf Teprus. Ihre ganze Aufmerksamkeit hatte sie der kleinen Schachtel zugewandt. Begierig hob sie sie vor ihre Augen.

„Fantastisch", sprudelte sie hervor, „das ist er, der König …"

Magdas Stimme überschlug sich vor Begeisterung. Sie musste schlucken, was Teprus Zeit gab, sich wieder zu fangen.

„Eher ein Verurteilter", sagte er verächtlich.

„Richtig."

Magda legte das geöffnete Kästchen behutsam wie einen Schatz zurück auf den Tisch.

„Er war ein verurteilter König. Das jedenfalls haben wir herausgefunden. Ich habe schon vorhin versucht, es dir zu erklären."

„Dieser Typ da ist dein Forschungsobjekt?"

Teprus konnte es nicht fassen. Was war Besonderes an dem Gemarterten, dass die Menschen sich bis weit in das dritte Jahrtausend hinein mit ihm beschäftigten?

„Es gibt eine Menge historisch wichtiger Fakten über ihn. Wir haben im Jahr 3431 bei Ausgrabungen ein Buch entdeckt, das sein ganzes Leben beschreibt. Es ist außerordentlich beeindruckend."

„Ein Buch?"

Teprus griff nach seinem Weinglas. Aber er vergaß zu trinken. Denn Magda fuhr schon fort: „Ja, du weißt schon, diese bedruckten und zusammengehefteten Papierseiten. Seit es die Sprachchips gibt, liest kein Mensch mehr. Du kannst dir also denken, wie schwer es für uns war, die Buchstaben dieses Buches zu entschlüsseln. Aber wir haben es geschafft."

Stolz setzte Magda sich im Sessel auf und griff ebenfalls nach ihrem Glas. Nachdem sie einen Schluck getrunken hatte, berichtete sie weiter: „Es ist so eine Art Lebensbuch. Es beschreibt, wie der König als Sohn eines Handwerkers auf die Welt kam. Später, als er erwachsen wurde, verließ er Familie und Heimat, zog im Land herum und scharte Fischer, Prostituierte und herumfahrendes Volk um sich." „Kriminell", murmelte Teprus verächtlich.

„Nein, durchaus nicht", widersprach ihm Magda, „er ließ sich nie etwas zu Schulden kommen, im Gegenteil, er half, wo die Menschen seine Hilfe annahmen. Und er redete mit ihnen. Er erklärte ihnen, wie Gott sich die Welt gedacht hatte, was für Pläne und Ziele er habe, und wie die Menschen miteinander leben sollten . . ."

„Das allein steht ausschließlich unserem Großen Vater zu", rief Teprus, offensichtlich bemüht, seinen Fehler wieder gutzumachen.

Magda blickte ihn ernst an.

„So ist es, Teprus. Aber es kommt noch schlimmer. Dieser Mensch, sein Name war übrigens Immanuel, behauptete, von Gott gesandt zu sein. Die Menschen seiner Zeit, und selbst manche bis weit in unser Jahrtausend hinein, glaubten sogar, er sei der Sohn Gottes ..."

„Blasphemie", schrie Teprus und sprang von seinem Sessel. Dabei stieß er an das kleine Tischchen. Die Flasche mit dem kostbaren Jupiterwein schwankte, stürzte und ihr Inhalt floss wie Blut aus einer Wunde am Tischbein herunter. Bestürzt starrte Teprus auf die Flecken, die sich langsam auf Tisch und Boden ausbreiteten.

„Großer Vater, der Wein war teuer", stammelte er.

„Wegen der Gotteslästerung dieses Immanuels ist schon Teureres vergossen worden", bemerkte Magda lakonisch, „zum Beispiel sein eigenes Blut."

Vorsichtig stupste sie die Schachtel mit dem Kreuz aus der roten Lache.

„Wie du deutlich sehen kannst, ist er nämlich tatsächlich hingerichtet worden. Denn es ist natürlich einleuchtend, dass sich so etwas kein Staatsoberhaupt gefallen lässt."

„Selbstverständlich", herrschte Teprus Magda an, so als ob sie für diese unerfreuliche Geschichte verantwortlich sei. „Wenn er Gottes Sohn ist, dann muss er der größte König auf Erden und im Universum sein. Wer sich als solcher ausgibt, stellt natürlich eine ernste Bedrohung für die Regierung dar. Aber was spielt das heute noch für eine Rolle?"

Teprus stellte sein Glas ungeleert zurück auf den Tisch. Wie unbeabsichtigt schob er dabei die kleine Schachtel zurück in den Rotweinfleck. Langsam stieg die rote Feuchtigkeit an den Rändern hinauf. Teprus lachte leise.

„Ich verstehe wirklich nicht, warum unser Großer Vater ..."

„Die Geschichte ist noch nicht zu Ende", unterbrach ihn Magda, „unser Großer Vater hat ein so ernstes Interesse an diesem König, weil in seinem Lebensbuch geschrieben steht, dass er ..."

Nun stand auch Magda auf. Sie presste ihre Tasche gegen ihre Hüfte und ging auf Teprus zu. Mit vor Erregung glänzenden Augen blickte sie zu ihm auf. Ein rosiger Schimmer überzog ihr Gesicht und ihre Lippen bebten, als sie ihren Satz beendete: „... immer noch lebt."

Einen langen Augenblick schwiegen beide.

Sie standen jetzt so dicht beieinander, dass sie sich fast berührten. Teprus hätte bloß seine Hand auszustrecken brauchen. Doch er unterdrückte den Impuls.

„Wie ist das möglich? Selbst heute sind wir nicht in der Lage, den Tod zu besiegen."

Und fast unhörbar fügte er hinzu: „Nicht einmal unser Großer Vater hat das bisher geschafft."

„Das Buch sagt, bei Gott sind alle Dinge möglich", erwiderte Magda, „und wenn er wirklich Gottes Sohn war ..."

„Wie kannst du es wagen?", flüsterte Teprus.

Magdas Atem streifte seinen Hals. Ihr Haar duftete vertraut, und ihre Augen blickten verwirrt und vertrauensvoll zugleich zu ihm auf. Sie berührten sich immer noch nicht. Aber seine Hände streiften die Tasche, die an ihrer Seite baumelte. Etwas darin war spitzt und hart, und plötzlich wusste er, dass es das Buch war. Sie hatte es mitgenommen, ob erlaubt oder verboten, wusste er nicht. Trotzdem schien es ihm nun nicht mehr gefährlich, selbst das Risiko einzugehen.

„Gibt es irgendwelche Indizien?"

„Noch nicht, das heißt, wir haben noch keine gefunden. Aber ich bin mir sicher, es ist nur eine Frage der Zeit", sagte Magda vorsichtig.

Sie wandte sich von Teprus ab und begann durch den Raum zu wandern. Der Moment der Nähe war verflogen. Teprus wusste nicht, was er sagen sollte. Erschöpft ließ er sich wieder in seine Sitzschale sinken.

So hatte er sich den Feierabend nicht vorgestellt. Er hatte auf ein kleines Fest gehofft. Schließlich hatten sie eine schwarze Schachtel und einen Brief aus dem Dunklen Haus erhalten. Richtig, der Brief. Teprus nahm ihn vom Tisch und riss ihn auf, ohne Magdas Einverständnis abzuwarten. Heraus kollerte ein Sprachchip, außerdem noch zwei Flugtickets.

„„Auftrag vom Großen Vater: Erbringt den Beweis, reist zum Grab des gekreuzigten Königs", befahl der Chip.

„Natürlich, das Grab. Warum habt ihr nicht danach gesucht? Wenn ihr es gefunden hättet, dann hätte es der Beweis sein können", rief Teprus, „vorausgesetzt, es wäre euch gelungen, darin noch irgendwelche Rückstände zu entdecken. Aber mit den heutigen Methoden dürfte das eigentlich nicht schwierig sein. Ich verstehe nicht, warum ihr nicht selbst auf diese Idee gekommen seid, wo es doch ein so nahe liegender Gedanke ist."

„Sind wir“, sagte Magda müde, „der Standort des Grabes ist längst bekannt. Aber unser Großer Vater hat unserer Forschungsgruppe die Reise dorthin verweigert. Ich möchte wissen, warum er sie uns jetzt nicht nur gestattet, sondern sogar befiehlt.“

Teprus lachte wieder leise.

„Wünschen wir uns nicht alle, die Wahrheit zu kennen?“

Auch Magda lächelte unsicher.

Natürlich befolgte sie den Befehl aus dem Dunklen Haus und reiste zusammen mit Teprus in ein ödes, von zahllosen Kriegen zerschundenes Land, das einmal die Heimat des verurteilten Königs gewesen war.

Was aus ihnen wurde, fanden weder Magdas Forscherkollegen noch die juristische Abteilung des Dunklen Hauses jemals heraus. Jemand meinte zwar, er habe sie nur wenige Wochen nach ihrer Abreise auf dem Flughafen wieder erkannt. Der Auftragsbeauftrage, der Teprus an jenem denkwürdigen Tag Briefumschlag und Schachtel ausgehändigt hatte, brüstete sich sogar damit, sie noch einmal im Dunklen Haus gesehen zu haben, wie sie von Sicherheitskräften zu den privaten Räumen des Großen Vaters geleitet worden waren. Er konnte sich aber auch getäuscht haben. Die Gruppe der Männer war so groß und so eng beieinander gewesen, dass er eigentlich nur hatte vermuten können, dass es sich in ihrer Mitte um Teprus und Magda gehandelt haben mochte.

Niemand ging diesem Hinweis nach. Das aktuelle Geschehen schien interessanter als der Verbleib eines

Forscherehepaares. Es dauerte nicht lange, da versiegten die Gerüchte.

Erst Jahre später – der Große Vater war längst gestorben und an seine Stelle war sein Nachfolger, der sich der Große Erneuerer nennen ließ, getreten – tauchten die Namen Magda und Teprus wieder auf. In einer staatlichen Aufbewahrungsanstalt für geistig fehlgeleitete Menschen stieß während seiner Recherche ein Reporter auf eine Gruppe Verrückter mit klaren Augen und strahlenden Gesichtern, was zwar merkwürdig, jedoch längst kein Grund war, ihnen weitere Aufmerksamkeit zu schenken. Allein ihre Beschäftigung regte das Interesse des Reporters an.

Sie studierten nämlich in einem Buch, wie es sie im Zeitalter der Sprachchips längst nicht mehr gab, ausgenommen natürlich in den Museen. Wie waren die Verrückten also zu den gebundenen Papierseiten gelangt? Wer hatte sie gelehrt, die Zeichen darin zu verstehen? In endlosen Verhören tauchten immer wieder die Namen Magda und Teprus auf. Auch eine Hand voll alter Gelehrter aus dem Historischen Institut meinte, sich sowohl an diese beiden Personen, als auch an das Buch erinnern zu können. Aber sie täuschten sich wohl, denn weder im Institut noch sonst wo fand man irgendwelche Nachweise. Die Institutsleitung entließ die Alten aufgrund ihrer mangelnden Glaubwürdigkeit.

Jüngere rückten nach und begannen, nachdem man das Buch zu Forschungszwecken und natürlich auch zum geistigen Schutz seiner Besitzer eingezogen hatte, in akribischer Kleinarbeit seinen Inhalt zu entschlüsseln. Es stellte sich heraus, dass es nichts weiter als die Lebensgeschichte eines Menschen enthielt, der irgendwann vor mehr als 3500 Jahren gelebt hatte. Unser Großer Erneuerer entschied, dass das Buch nicht ernst zu nehmen sei. Oder konnte seine Hauptfigur für Menschen im vierten Jahrtausend noch irgendwie von Bedeutung sein? Abgesehen von der festen Überzeugung einiger Verrückter fand er keinen Beweis dafür.

# VIII.

*Und es geschah, als sie so redeten, da nahte sich Jesus selbst und ging mit ihnen. Aber ihre Augen wurden gehalten, dass sie ihn nicht erkannten. Er aber sprach: Was sind das für Dinge, die ihr miteinander verhandelt?*
*Da wurden ihre Augen geöffnet, und sie erkannten ihn. Und er verschwand vor ihren Augen. Und sie sprachen untereinander: Brannte nicht unser Herz in uns, als er mit uns redete auf dem Wege und uns die Schrift öffnete?*

Herr Trautmüller war um die 50, klein, behäbig und kurzsichtig. Er liebte Schach, Wagner und gutes Essen. Was er nicht mochte, waren Menschenaufläufe, Haustiere und Feste, deren Sinn er zwar erklären, aber nicht nachvollziehen konnte. Zum Beispiel Weihnachten und Ostern. Er verabscheute den Rummel und das ganze Pflichtprogramm, angefangen bei den Gottesdiensten, die er seiner Frau zuliebe besuchte. Übrigens waren das die einzigen Gelegenheiten, bei denen Herr Trautmüller eine Kirche von innen sah. So jedenfalls handhabte er es, seit er 16 Jahre, also religionsmündig war.

Früher, als stupsnasiger Bengel, hatte ihn seine Großmutter gelegentlich mit in den Gottesdienst genommen. Ein wenig Grundlage mitkriegen, hatte sie das genannt, und den Enkel in die Sonntagsschule geschickt.

Sonntagsschule! Ein zweifelhafter Name für eine Veranstaltung, die eher einer Art Geschichten-Erzählstunde glich, Geschichten über das Leben und Wirken eines Mannes namens Jesus. Herr Trautmüller hatte schon damals das meiste als Märchen abgetan. Es gab zu viele Ungereimtheiten, zu viel Fantastisches, zu viel unbeantwortete Fragen:

Zum Beispiel diese: Wie hatte es Jesus geschafft, auf dem Wasser zu laufen und wie funktionierten seine Wunderheilungen? Überhaupt: Das Ganze hinkte von Anfang an. Schon die Geburt dieses Menschen war mehr als mysteriös. Eine Jungfrau sollte ihn geboren haben, eine Jungfrau ... Also, so etwas konnte man nicht einmal Kindern weismachen und Erwachsenen erst recht nicht. So viel zu Weihnachten ... Und Ostern erst ...

Es war tatsächlich wieder Ostern. Wie schnell die Zeit verging.

Kaum hatte er den Weihnachtsbaum abgeschmückt, da buk seine Frau schon den Osterzopf. Er drehte sich vorsichtig zu ihr und schnupperte ein bisschen in ihre Richtung. Sie roch immer noch nach Hefe, Rumrosinen und Lammbraten mit schön viel Zwiebeln. Herr Trautmüller leckte sich bei dem Gedanken daran die Lippen. Zu dumm, dass er es, anstatt seine Füße unter dem heimischen Esstisch auszustrecken, auf einer harten Kirchenbank aushalten musste.

Nun stieß Frau Trautmüller ihn auch noch in die Seite.

„Pass doch auf“, flüsterte sie.

Die Kirchenbesucher waren aufgestanden, hatten die Hände ineinander gelegt und murmelten unverständliche Worte, die ihnen der Pfarrer vorleierte. Widerwillig erhob sich auch Herr Trautmüller.

„Freut euch, denn ich lebe, und ihr sollt auch leben“, schrie plötzlich der Pfarrer über die geneigten Köpfe hinweg.

Herr Trautmüller ließ sich nicht beeindrucken, auch nicht, als plötzlich von der Empore die Orgel losbrauste. Die Gemeinde begann zu singen, und Frau Trautmüller stimmte ein:

„Jesus lebt, mit ihm auch ich ..."

Natürlich. Sie lebte und er und die Leute um ihn herum ebenfalls, und – wenn's denn die Tradition erfordert – eben auch dieser Jesus. Übrigens eine ziemlich fragwürdige Tradition: Da stirbt einer, ziemlich grausam noch dazu, und dann so etwas ... Wer sich das nur ausgedacht hatte ...

Herr Trautmüller betrachtete das Kreuz, das vorne über dem Altar hing. Folterinstrument, dachte er, schob seine Brille zurecht und zupfte an der seidenen Feiertagskrawatte.

Eine lebensgroße bleichhäutige Figur war auf das Holz genagelt worden. Schwarze Striemen überzogen den spärlich bekleideten Körper. Jemand hatte eine tiefe Wunde in die Seite des Mannes gerissen, jemand einen stacheligen Kranz in seine Stirn gedrückt. Darunter ein schmerzverzerrtes Gesicht, aber Augen, die hellwach und beinahe lebendig wirkten. Ein Kunstgriff des Bildhauers natürlich. Mit ein bisschen Sachkenntnis würde man verstehen, wie eine derartige Wirkung zu Stande kommt. Die Augen des Gekreuzigten richteten sich genau auf Herrn Trautmüller.

„Was starrst du so", wisperte seine Frau. Wieder spürte Herr Trautmüller ihren Ellenbogen. Sie war fertig mit Singen und die anderen auch. Nur der Pfarrer intonierte noch ein bisschen weiter: „Christe, du Lamm Gottes ..."

Lamm, ah, endlich hatte Herr Trautmüller ein Wort aufgeschnappt, das ihn von diesem unappetitlichen Kreuz ablenkte. Lamm, das Wort allein duftete schon nach Braten.

Nun dauerte es auch nicht mehr lange. Der Pastor sagte noch etwas von „Sünden der Welt“ und „Erbarmen“. Auch dazu gäbe es viel zu fragen. Aber die Gemeinde antwortete folgsam mit „Amen“. Dann schritt der Pastor zwischen den Kirchenbänken hindurch zum Ausgang, wo er jeden mit Handschlag verabschiedete. Langsam tröpfelten die Gottesdienstbesucher an ihm vorüber. Träge Aufbruchstimmung. Es würde dauern, bis Herr Trautmüller sich an der ausgestreckten Hand des Pastors vorbeidrücken konnte. Drängeln war nicht seine Art. Und weil er, außer sich langsam voranschieben zu lassen, nichts besseres zu tun hatte, wandte er sich noch einmal um und betrachtete den Mann am Kreuz. Der schaute ihn immer noch an, unverwandt und eindringlich, als wäre Herr Trautmüller der einzige Mensch auf der Welt.

„Nun komm schon.“

Frau Trautmüller zog am Jackenärmel ihres Mannes.

Sie bahnte einen Weg durch die Menschen hindurch ins Freie, direkt am Pfarrer vorbei. Herr Trautmüller lächelte sie dankbar an. Wohl wollend hakte er sich bei ihr unter. Es wäre hübsch, jetzt ein wenig mit ihr zu plaudern.

„Hast du seine Augen gesehen?“, begann er.

„Ja, ja, sehr viel sagend ...“, sagte Frau Trautmüller.

Herr Trautmüller nickte. Befriedigt reckte er seine vom langen Sitzen steif gewordenen Glieder. Die Sonne schien frühlingsklar. Die aus der Kirche quellenden Menschen zwitscherten munter wie Sperlinge. Zu Hause brutzelte ein köstlicher Osterbraten. Der richtige Zeitpunkt also, um das Grübeln abzubrechen. Aber Frau Trautmüller fuhr fort: „Und erst seine Predigt ... Ich fand sie wieder einmal recht erbaulich ... Und seine Augen ... Jetzt, wo du es sagst ... doch, doch ... wirklich viel sagend ..."

Frau Trautmüller zog ihren Mann über den Kirchhof.

„Und erst die Musik: Jesus lebt, mit ihm auch ich ... das ist doch jedes Jahr wieder sehr ... sehr ..."

... Fragwürdig, dachte Herr Trautmüller. Aber laut sagte er: „Erhebend."

„Genau", nickte Frau Trautmüller.

Herr Trautmüller seufzte. Fragwürdigkeiten ließen sich offensichtlich nicht abschütteln. Allein dieses schreckliche Wort schien ihn zu verfolgen. Wenn er nur drüber reden könnte. Bei seiner Frau schien die Diskussion bei Erhabenheit zu enden und begann wahrscheinlich erst wieder bei dem Braten in der Röhre. Tatsächlich zog sie jetzt heftiger an Herrn Trautmüllers Arm.

„Schleich doch nicht so", beschwerte sie sich, „ich habe das Lamm in der Röhre. Willst du, dass der schöne Braten verkohlt?"

Herr Trautmüller seufzte wieder. Natürlich wollte er nicht, dass der Braten verkohlte, natürlich wollte er endlich zum gemütlichen Teil des Festes übergehen, das Lamm genießen, ein kleines Nickerchen im Ohrensessel am Fenster, Kaffee und Rosinenzopf, irgendwann Tochter, Schwiegersohn und die Kleine empfangen, ein bisschen Ostereier im Osterglockenbeet verstecken, sich am Jubel des Enkelkindes freuen und diesen Jesus in der Kirche lassen. Wenn das nur so einfach ginge …

Man müsste wirklich mal mit jemandem reden. Auch wegen allem anderen, was offensichtlich zu Ostern gehörte: Gekreuzigt, hinabgefahren in das Reich des Todes, am dritten Tage auferstanden … auferstanden … Du lieber Himmel.

„Hör mal, bevor das gute Essen verdirbt …"

Frau Trautmüller löste sich von ihrem Mann.

„Also, ich gehe schon mal vor. Meinetwegen lass dir ruhig noch ein bisschen Zeit. Aber nicht zu lange. Denk an das Lamm …"

Ich denke an nichts anderes, wollte Herr Trautmüller ihr versichern, aber seine Frau verschwand schon hinter der Biegung der Straße. Gedankenverloren blickte Herr Trautmüller ihr nach.

Vielleicht ließ der Pfarrer mit sich reden. Der musste schon von Berufs wegen Bescheid wissen, obwohl Herr Trautmüller in der Osterpredigt wenig davon gemerkt hatte. Trotzdem drehte er sich langsam um.

Gottesdienstbesucher standen in Grüppchen auf dem Kirchhof und schwatzten. Vielleicht hielt sich der Pastor noch irgendwo zwischen ihnen auf. Suchend glitten Herrn Trautmüllers Blicke über die Leute. Ohne Erfolg. Herr Trautmüller schlenderte zurück bis vor das Kirchenportal. Es war bereits geschlossen, doch nicht verriegelt. Vielleicht hielt der Pfarrer sich noch drinnen auf. Herr Trautmüller schob die Tür ein wenig auf und drückte sich durch den Spalt. Der Innenraum der Kirche war menschenleer und düster. Jemand hatte alle Lampen und Kerzen gelöscht. Nur durch die Buntglasfenster fiel

Regenbogenlicht. Es überzog die weiß gekalkten Wände mit einem türkisfarbenen Schimmer, was so unwirklich aussah, als blickte man vom Grund eines Sees in den Himmel hinauf. Totenstille ringsumher. Nur Herrn Trautmüllers Schritte hallten auf den Steinfliesen. Und sein Herz pochte laut wie ein Schmiedehammer. Unnötigerweise, wie er fand, denn es gab keinen Grund, sich aufzuregen. Herr Trautmüller schritt ein bisschen schneller aus. Es war doch alles ganz normal. Oder? Nein, etwas war anders. Herrn Trautmüller fiel es erst auf, als er vor dem Altar anlangte. Über ihm ragte das Kreuz auf. Zwei Holzbalken, grau, schwer und bedrückend, aber anders als während des Gottesdienstes. Etwas fehlte, etwas Wesentliches, vielleicht das Wesentlichste überhaupt. Die Figur, dieser Christus mit den warmherzigen Augen, war verschwunden.

Dort, wo die Hände des Gekreuzigten ans Holz genagelt waren, öffneten sich zwei schwarze, rot geränderte Vertiefungen. Sie glänzten feucht und frisch, und Herr Trautmüller meinte, den Geruch von Blut und Verwesung zu spüren. Kein Duft von Hefezopf und Lammbraten, sondern Schweigen und Leere und Grabeskälte, die auf Herrn Trautmüller zukroch und ihn erstarren ließ wie Eis.

Wo war der Christus? Wer hatte ihn so plötzlich entfernt und warum?

Was war geschehen?

Herr Trautmüller zwang seine Gedanken in das vertraute logische Korsett. Logik half ihm herauszufinden, zumindest heraus aus dieser tiefgefrorenen Erstarrung.

Das zweite Mal an diesem Vormittag drehte Herr Trautmüller sich langsam um.

Er trat aus dem Dämmer der Kirche. Unerwartet traf ihn die Frühlingssonne. Sie blendete wie Feuer und schob zwischen Herrn Trautmüller und die Menschen, die immer noch auf dem Kirchhof herumstanden, einen flimmernden Schleier. Er hörte wie durch Nebel, wie eine alte Frau jubelte: „Der Herr ist auferstanden", was Herrn Trautmüller ebenso befremdete wie ihr freudestrahlendes Gesicht. Ein schwarz gekleideter Mann lächelte ihr zu. Herr Trautmüller nahm seine Brille ab, rieb sich die Augen und erkannte in ihm den Pfarrer. Der antwortete laut und feierlich: „Er ist wahrhaftig auferstanden."

Wieder einmal: Auferstanden ... lächerlich. Wie hatte Herr Trautmüller annehmen können, dass es sich vernünftig mit dem Pfarrer reden ließe? Und überhaupt: Wer würde schon sagen können, was mit diesem Christus wirklich geschehen war? Wahrscheinlich nur Christus selber. Aber das war natürlich vollkommen absurd.

Außerdem, fand Herr Trautmüller, wurde es nun tatsächlich Zeit, sich wieder realen, nachvollziehbaren Dingen zuzuwenden, zum Beispiel dem Osterfesttags-Lammbraten. Bestimmt wartete seine Frau längst auf ihn.

Wenn sich nur endlich der Schleier vor seinen Augen lichtete. Unsicher tappte Herr Trautmüller an der alten Frau und dem Pfarrer vorbei. Die bemerkten ihn nicht.

Aber plötzlich trat hinter ihnen ein Fremder hervor. Er trug einen hellen, zerknitterten Anzug, der aussah, als hätte er ihn während einer langen, unbequemen Reise getragen. Außerdem war er groß, hager und so blass, als hätte er nächtelang keinen Schlaf gefunden. Er schaute genau in Herrn Trautmüllers Richtung. Jetzt nickte er ihm freundlich zu.

Müsste ich diesen Mann kennen, fragte sich Herr Trautmüller. Aber auch jetzt vernebelte dieser merkwürdige Schleier seine Sicht. Ärgerlich nahm Herr Trautmüller ein zweites Mal seine Brille ab, was ihn keineswegs besser sehen ließ. Der Fremde kam direkt auf ihn zu.

„Ich begleite Sie gern“, bot er an. Herr Trautmüller nickte verwundert, und der Fremde setzte sich einen halben Schritt vor ihm in Bewegung, was sehr hilfreich war, denn nun brauchte Herr Trautmüller sich nicht mehr an seine unzuverlässige Brille zu halten. Er brauchte nur den Blick auf den Rücken des fremden Mannes zu heften und ihm zu folgen. Hoffentlich würde der denselben Weg haben. Der Fremde schien sich seiner Sache sicher zu sein.

Vielleicht war er aus derselben Gegend, vielleicht sogar ein Nachbar, vielleicht wohnte er in dem Mehrfamilienhaus an der Ecke und kannte Herrn Trautmüller vom Sehen. Gut, gerade jetzt seine Bekanntschaft zu machen, jetzt, wo Herrn Trautmüllers Augen verrückt spielten. Er nahm sich vor, sofort nach den Feiertagen einen Arzt aufzusuchen.

„Trautmüller“, stellte Herr Trautmüller sich vor.

„Ich weiß“, lächelte der Fremde.

Herrn Trautmüller war das peinlich.

„Nun ja“, sagte er.

Der Fremde lächelte und schwieg.

Er wird mich für unhöflich halten, dachte Herr Trautmüller. Er suchte nach Worten, die diesen Eindruck mindern sollten. Am besten, er begann ein unverfängliches Gespräch.

„Waren Sie auch in der Kirche? … Im Ostergottesdienst?“, fragte er deshalb.

Der Fremde nickte.

„Und wie gefiel es ihnen?“

„Ich fand den Christus am Kreuz besonders eindrücklich“, erklärte der Mann.

Herr Trautmüller merkte auf. Hatte der Fremde dieselbe Beobachtung gemacht wie er? Sollte er es wagen, ihn danach zu fragen? Sollte er ihm von dem verschwundenen Christus erzählen?

„Halten Sie mich nicht für albern …“, versuchte er es vorsichtig.

„Aber nein“, beruhigte ihn der andere.

„Nun ja“, fuhr Herr Trautmüller fort, „… ich bin noch mal zurückgegangen. Ich war allein in der Kirche, ich meine … ganz allein …“

Der Fremde schwieg.

„Ich weiß nicht, wie ich es erklären soll …“, zögerte Herr Trautmüller.

Der Fremde blieb stehen und schaute Herrn Trautmüller an. Ruhe ging von ihm aus, die Herrn Trautmüllers Zurückhaltung endgültig auftaute.

„Also, ich fand den Christus überhaupt nicht … Der Christus ist nämlich verschwunden …“, platzte er heraus.

Der Fremde rieb nachdenklich seine Hände aneinander.

„Erzählen Sie“, bat er und setzte sich wieder in Bewegung. Er bog genau in die Straße ein, die zu Herrn Trautmüllers Haus führte. Herr Trautmüller ging neben ihm her und erzählte. Plötzlich war es ihm ganz leicht, über seine Zweifel und Fragen zu sprechen, angefangen bei Weihnachten und nun Ostern. Schließlich berichtete Herr Trautmüller von dem Christus, der ihn während des Gottesdienstes angeschaut hatte, und der nun nicht mehr am Kreuz hing.

„Wahrscheinlich ist er begraben worden“, erklärte der Fremde.

„Wie bitte?“

Ungläubig schaute Herr Trautmüller zu dem fremden Mann auf. Niemand begrub eine Holzfigur.

„Verzeihen Sie“, fuhr der Fremde fort, „ich meine natürlich diesen Jesus vor 2000 Jahren. Der ist bestimmt erst einmal begraben worden. Das ist doch vernünftig, oder?“

Selbstverständlich war es das. Das gab Herr Trautmüller gerne zu. Aber was war dann geschehen?

Nun erzählte der Fremde, und er berichtete so lebendig, als wäre er selbst dabei gewesen. Dabei bediente er sich einer Nüchternheit, die Herrn Trautmüller gefiel und seine Neugier weckte. Aufmerksam folgte er dem Fremden, als der in seinem Bericht Umwege einschlug und Ereignisse ausmalte, von denen Herr Trautmüller noch niemals gehört hatte. Aber jede Geschichte schien wichtig, und im Zusammenhang erzählt bildete sich eine Linie heraus, die genau zur Hinrichtung am Kreuz und folgerichtig zur drei Tage späteren Auferstehung führte.

Plötzlich erschien die Auferstehung des Christus zwar noch fragwürdig, aber immerhin sinnvoll.

„Denn", schloss der Fremde, „am Tod zeigt sich, wie mächtig das Böse ist. Wie mächtig Gott ist, zeigt sich am Leben."

„Offensichtlich ist er so mächtig", überlegte Herr Trautmüller, „dass selbst die Auferstehung von den Toten möglich wird."

Der Fremde nickte.

Bis zu Herrn Trautmüllers Wohnung blieben nur noch wenige Schritte. Herr Trautmüller verlangsamte jeden Einzelnen. Er versuchte, die Zeit zu dehnen, denn er genoss die Gegenwart des anderen.

Nur die Sache mit der Christusfigur ... die blieb immer noch ein Rätsel.

„Aber ganz und gar nicht", lachte der Mann. Er führte Herrn Trautmüller bis vor seine Haustür.

„Es ist wirklich ganz einfach. Reichen Sie mir Ihre Hände und schauen Sie."

Zuerst zögerte Herr Trautmüller. Doch dann griff er nach den ausgestreckten Händen des Fremden. Die fühlten sich weich und nachgiebig an, so als würden sie sich jeden Moment verflüchtigen wie Morgennebel auf einer Frühlingswiese. Fragend blickte er zu dem Fremden auf. Und als sich ihre Blicke trafen, da wusste Herr Trautmüller, dass er diesen Mann schon einmal gesehen hatte. Hand in Hand standen sie sich gegenüber.

In diesem Moment öffnete sich die Haustür. Der Duft von Hefezopf und Lammbraten strömte heraus. Und dann erschien Frau Trautmüller.

„Wo bleibst du denn", rief sie, „das Lamm ist längst fertig."

Hastig zog Herr Trautmüller seine Hände zurück.

„Auf Wiedersehen", murmelte er.

„Aber gern", lächelte der Fremde. Dann drehte er sich um und schlenderte zum Ende der Straße. Herr Trautmüller blickte ihm nach. Dabei merkte er, wie sich endlich der Schleier vor seinen Augen hob. Deutlich sah er, wie der Fremde in dem Mehrfamilienhaus an der Ecke verschwand.

Es wäre schön, ihn einmal einzuladen, überlegte Herr Trautmüller, vielleicht auf ein Glas Wein, vielleicht zu Schach oder Wagner.

Erst nach dem Essen, als Herr Trautmüller satt in seinem Ohrensessel döste, fiel ihm ein, dass eine Einladung schwer zu realisieren war. Er konnte zwar ahnen, wo der Fremde wohnte. Doch er hatte ihn nicht einmal nach seinem Namen gefragt.

# IX.

*Er ist von den Toten auferstanden. Er geht euch voran nach Galiläa, dort werdet ihr ihn sehen.*

Vor drei Wochen war Christine 50 Jahre alt geworden. Trotzdem hörte sie noch auf die Stimme ihrer Mutter. Was sie ihr riet, vorschlug und oft genug sogar befahl, wog so schwer, dass Christine es bisher nicht geschafft hatte, ihren Einfluss zur Seite zu schieben. Er ragte über ihrem Alltag auf wie ein Felsen. Allerdings waren Christines Anstrengungen, diesen Felsen wegzuwälzen, immer recht halbherzig ausgefallen. Sie fürchtete die Leere, die sich vor ihr auftun könnte, wenn sie die Stimme ihrer Mutter ignorierte. Sie hatte ihr nichts entgegenzusetzten.

Aber das sollte sich ändern.

Wie manche Leute dazu neigen, an Silvester oder an bestimmten runden Geburtstagen feste Vorsätze zu fassen, so hatte Christine vor drei Wochen entschieden, endlich ihrer Mutter die Herrschaft über ihr Leben zu entziehen. Es war längst Zeit dafür. Immerhin war Christines Mutter schon seit dreizehn Jahren tot.

Christine hatte beschlossen, die Wohnung zu wechseln.

Bisher hatte sie in dem Haus gelebt, in dem sie geboren und aufgewachsen war. Natürlich hatte sie es mit den Jahren nach ihrem Geschmack mit eigenen Möbeln ausgestattet. Nach und nach hatte sie das alte Inventar weggegeben. Sie hatte unter der Rubrik „Haushaltsauflösungen“ Inserate in die Zeitung gesetzt. Aber hinter jedem Käufer war auch ihre Mutter hergeschlichen, hatte in den Zimmerecken gelauert und geseufzt. Und Christine hatte genau gewusst, was sie damit bezwecken wollte. Doch sie hatte ihr standgehalten. Entschlossen hatte sie Preise für Kommoden, Vitrinen und Polstermöbel ausgehandelt, während ihre Mutter sich die Tränen aus den Augen wischte.

„Aber Mama, irgendwann muss ich doch ...“, hatte sie versucht, ihr entgegenzuhalten.

Aber ihre Mutter hatte ihren grauen Kopf abgewandt und betrübt gemurmelt: „Sicher, Kind ... Es tut mir nur so Leid um den schönen Garderobenspiegel. Den hat Papa mir zum 23. Hochzeitstag geschenkt. Und die Anrichte aus dem Esszimmer und der gute Ohrensessel ... Du willst doch wohl nicht wirklich ...“

Also hatte Christine den Sessel zurückbehalten, obwohl man schlecht auf ihm saß. Die Rückenlehne war zu aufrecht und die Sitzfläche viel zu kurz. Auch waren die Armlehnen voller Flecken. Und sie hielt es nicht für lohnenswert, Geld auszugeben, um das alte Stück neu polstern zu lassen. Außerdem war sie nicht sicher, ob ihre Mutter mit einem neuen Bezug einverstanden gewesen wäre. Seither hätte ihre Mutter sich triumphierend in dem Monstrum breit gemacht. Aber geschwiegen hatte sie deswegen trotzdem nicht.

Vielleicht war es sogar Christines eigene Schuld. Denn sobald eine Entscheidung anstand, lungerte sie um den alten Ohrensessel herum. Was würde Mutter sagen? Christine hatte sich sogar, was die Farbe ihres Autos anging, von ihr beraten lassen. Sie hatte tatsächlich Gelb gewählt, weil das die Lieblingsfarbe ihrer Mutter gewesen war. Christine selber hasste Gelb, ausgenommen bei Rosen oder bei Wandfarben. Doch nun lenkte sie schamvoll ein quietschgelbes Entchen durch die Stadt. Ihre Freundin Klara hatte sich deswegen halb tot gelacht.

„Und das in deinem Alter", hatte sie gekichert.

„Na und?", hatte Christine schnippisch entgegnet.

Doch weil Klara ihre beste Freundin war – sie kannten sich noch von ihrer Schulzeit her –, hatte sie ihr schließlich von ihrer Mutter erzählt. Nicht, dass Klara nicht von ihr wusste. Sie hatte sie ja selber gekannt, war sogar bei ihrer Beerdigung gewesen und hatte Christine während ihrer Trauerzeit beigestanden. Aber dass Christines Mutter trotzdem noch wie ein Gespenst in Christines Alltag herumspukte, davon ahnte Klara natürlich nichts.

„Und das in deinem Alter", hatte sie nach Christines Bericht gespottet.

Christine war ihr deswegen nicht böse gewesen. Aber den gelben Wagen hatte sie trotzdem nicht gegen einen neuen ausgetauscht.

Bloß von dem alten Ohrensessel hatte sie sich endlich getrennt. Sie hatte ihn verschenkt, in der Hoffnung, ihr schlechtes Gewissen zu beruhigen. Doch es hatte weiterhin an ihr genagt wie ein Wurm an einer Lilienknolle. Es hatte nichts genützt.

Bei jedem Knarren der alten Dielen hörte Christine noch immer die Schritte ihrer Mutter. Wenn der Wind eine Tür aufstieß, rechnete sie damit, ihre Mutter eintreten zu sehen. In ihren Schränken herrschte noch die

Ordnung ihrer Mutter. Christine faltete Bett- und Tischwäsche nach ihrem Muster und hängte Blusen und Röcke nach ihrem Schema auf die Bügel. Trotz der neuen Einrichtung hatte Christine es nicht geschafft, einen eigenen Stil zu entwickeln. Wenn sie abends allein in ihrer Wohnung brütete, dachte sie manchmal daran, dass sie nicht einmal wusste, was ihr eigener Stil war.

Christine hatte nie geheiratet. Keiner ihrer Verehrer hatte dem strengen Urteil ihrer Mutter standgehalten. Wenn sie nun also auszog, brauchte sie zumindest nicht noch einen Ehemann und schon gar nicht Kinder zu berücksichtigen. Sie hatte schon genug gegen ihre Mutter kämpfen müssen.

„Willst du wirklich dein Elternhaus aufgeben?“, hatte ihre Mutter gejammert. Doch diesmal hatte Christine nicht nachgegeben. Um die Stimme ihrer Mutter endlich zum Schweigen zu bringen, hatte sie ihre Freundin Klara gebeten, ihr bei den Umzugsvorbereitungen zu helfen.

„Und das in deinem Alter“, hatte Klara moniert.

Doch Christine war nicht bereit gewesen, sich zu rechtfertigen.

„Kommst du nun oder kommst du nicht?“, hatte sie entgegnet.

Dieses eine Mal wollte sie sich nicht von ihrem Vorsatz abbringen lassen, weder von ihrer Mutter noch von ihrer Freundin. Wahrscheinlich hatte die das sowieso nicht vorgehabt. Ohne irgendwelche Vorhaltungen und völlig unbekümmert war sie hereingeschneit und hatte die Dinge in die Hand genommen. Und nun hockten die beiden Frauen vor herausgezogenen Schubladen und geöffneten Schränken und sortierten Christines Hausrat in Kisten.

Wüst wie nach einem Orkan sah es im Haus aus. Befriedigt erhob Christine sich vom Boden, wo sie gerade Bücher in eine Obstkiste gepackt hatte, und dehnte ihren Rücken.

„Hast du Lust auf Kaffee?“, fragte sie, und als Klara nickte, eilte sie sofort in die unaufgeräumte Küche. Wenig später saßen sie auf Umzugskartons, jede mit einem dampfenden Becher in der Hand.

„Und wo willst du nun hin?“, fragte Klara, während sie in den Kaffee pustete.

„Meine Sachen kann ich vorerst in der Garage eines Nachbarn unterstellen. Und was mich betrifft ...“ Christine grinste.

„Na, ich dachte, vielleicht könnte ich bei dir unterkommen.“

Klara zuckte mit den Schultern.

„Meinetwegen.“

„Besonders begeistert klingt das ja nicht gerade“, beschwerte sich Christine.

„Doch, es könnte ganz lustig werden. Wir könnten abends so lange tratschen, wie wir wollen, ohne uns irgendwann verabschieden zu müssen. Wir könnten uns das Kochen und den Einkauf teilen und auch sonst die Hausarbeit. Ich frage mich nur ...“

Über Klaras Gesicht breitete sich ein spitzbübisches Grinsen.

Sie trug zwar keine Zöpfe mehr wie damals, als sie sich kennen gelernt hatten. Ihr braunes Haar war mittlerweile wie von einer Silbermine durchzogen. Und anstatt ihrer fröhlichen Sommersprossen blühten die ersten Altersflecken auf ihren rot geäderten Wangen. Doch wie eh und je blitzte noch der Schalk aus ihren Augen. Jetzt schlug sie sie in gespielter Verlegenheit nieder.

„Ich frage mich nur, ob du nicht vom Regen in die Traufe kommst."

Christine blickte betreten von ihrer Tasse auf.

„Wieso", fragte sie.

„Na, hast du keine Angst, unter meine Knute zu geraten?"

„Aber warum denn?"

„Erst die Mutter, dann die Freundin, bloß, dass ich noch kein Gespenst bin. Damit lass ich mir noch ein bisschen Zeit", lachte Klara.

Christine begriff immer noch nicht. Es dämmerte ihr erst, als Klara ihren gemütlichen Platz auf dem Umzugskarton verließ, an das noch nicht ganz leer geräumte Bücherregal trat und nach der Fotografie griff, die dort in einem Silberrahmen einen Ehrenplatz einnahm. Unbarmherzig hielt sie sie Christine unter die Nase. Christine blickte mitten hinein in das strenge Gesicht ihrer Mutter.

Und plötzlich explodierte sie: „Sie ist kein Gespenst. Sie ist tot."

Klara war zu weit gegangen. Sie merkte es erst, als Christine ihr das Bild aus der Hand schlug. Scherben platzten auseinander wie die Funken eines Feuerwerks. Die Fotografie landete mit dem Bild nach unten auf dem Boden. Klara bückte sich danach.

„Es tut mir Leid“, murmelte sie, während sie es ihrer Freundin reichte, „aber du tust so, als wäre sie auferstanden.“

„Ist schon in Ordnung“, lenkte Christine ein. „Wahrscheinlich sollte ich sie tatsächlich ein für allemal begraben.“

Entschlossen stopfte sie die Fotografie zuunterst zwischen die Bücher in die Obstkiste. Dann stürzte sie ihren Kaffee herunter, stand auf und machte sich über die restlichen Bücher her. Eine Weile beobachtete Klara sie stumm. Aber diesen Gefühlsausbruch konnte sie einfach nicht auf sich beruhen lassen.

„Hör mal, Chris“, begann sie vorsichtig, „natürlich kannst du bei mir wohnen. Aber ändern wird das sicher nichts.“ „Warum nicht?“, fragte Christine beleidigt. „Ich gebe mit dem Haus mein altes Leben auf, und in ein neues lasse ich meine Mutter nicht mehr hinein.“ „Ich fürchte, so einfach ist das nicht. Was ich vorhin meinte, ist nämlich ... Naja, wer weiß, auf welche Stimmen du dann hörst? Ich möchte nicht, dass es meine ist.“

„Das ehrt dich“, gab Christine spitz zurück, „aber auf irgendetwas hören wir schließlich alle. Oder wirst du von gar nichts manipuliert?“
Klara seufzte.

„Sicher, wenn du Werbung und Politik und Zeitgeist und diese Dinge meinst ... Trotzdem glaube ich, dass es eine Frage der Entscheidung ist ...“ „Du meinst, von wem wir unseren Alltag bestimmen lassen?“, fiel Christine ihr ins Wort.

„Ja, so kannst du es wohl nennen.“

Klara zwang sich zu einem Lachen. Es wurde Zeit,

dieses unerfreuliche Gespräch zu entschärfen. Christine schien derselben Meinung zu sein, denn plötzlich kicherte sie los wie ein Backfisch: „Mach dir mal keine Sorgen, Klara-Schätzchen. Ich weiß selber, dass es unserer Freundschaft nicht besonders gut täte, wenn ich bei dir einziehen würde. Du hast Recht, ich muss lernen, endlich selber zu bestimmen ..." „Nana", beschwichtigte Klara ihre Freundin.

Aber Christine ließ sich nicht mehr aufhalten.

„Ich weiß schon, jeder braucht andere. Aber natürlich will ich nicht, dass du meine Mutter ersetzt. Ich habe noch keine Ahnung, wer sonst für mich auferstehen wird."

Klara verdrehte die Augen.

„Habe ich irgendetwas verpasst?", fragte sie.

Das Gespräch nahm plötzlich eine Wendung, der sie nicht mehr folgen konnte. Christine schmunzelte.

„Ich benutze nur dein eigenes Bild von der Auferstehung. Dabei stimmt es ja: Meine Mutter ist tot. Wer weiß, wer jetzt für mich auferstehen wird?" „Also ich ganz bestimmt nicht", konterte Klara, „denn erstens lebe ich noch, und zweitens ist mir diese Verantwortung viel zu groß ..."

„Eben", nickte Christine, „und genau aus dem Grund werde ich natürlich nicht bei dir einziehen. Ich habe vorhin bloß Spaß gemacht. In Wirklichkeit ist es so, dass ich mir schon längst ein eigenes hübsches kleines Häuschen gesucht habe."

„Und das sagst du erst jetzt?", brauste Klara auf.

„Tut mir Leid", grinste Christine, „aber ich werde es wieder gutmachen."

Sofort legte sie den Stapel Bücher, den sie gerade aus dem Regal gehoben hatte, in eine Kiste und zerrte aus einer anderen, schon fast fertig gepackten, einen dicken Schnellhefter hervor.

„Hier", sagte sie und hielt ihn ihrer Freundin unter die Nase, „hier sind alle Unterlagen drin."

Den Rest des Nachmittags verbrachten die beiden Frauen mit der Durchsicht von Fotos, Grundrissen, Notarvermerken und Verträgen. Alles war eindeutig und klar geregelt und das Haus ein Traum, was Ausstattung, Lage und Preis betraf. Christine schien das perfekte Zuhause gefunden zu haben.

„Es ist zu schön, um wahr zu sein", seufzte Klara, „bist du dir sicher, dass die Sache nicht irgendeinen Haken hat?"

„Ganz sicher", lachte Christine, „solange meine Mutter nicht mit einzieht. Ich habe jedenfalls nicht vor, es zuzulassen. Außerdem ist sie vor dreizehn Jahren gestorben. Und der Vorbesitzer meines hübschen Häuschens kann mir auch nichts anhaben. Er ist nämlich ebenfalls schon tot."

„Und die Erben?", hakte Klara nach.

Doch Christine winkte ab.

„Die sind froh, dass sie die Immobilie los sind."

Das Haus hielt, was die Unterlagen in Christines Schnellhefter versprochen hatten. Natürlich hatte Christine gründlich nach dem Haus gesucht, es sich genau angesehen. Aber nun, wo sie darin wohnte, erfüllten sich tatsächlich alle ihre Erwartungen. Das Haus schien wie für sie gebaut.

Es hatte drei Zimmer und eine Küche, die sich zum Garten hin öffnete. Vor den Fenstern blühten Stockrosen und Malven, und am Zaun rankten Brombeeren, was herrlich nostalgisch wirkte und fast ein bisschen wild. Das Haus selber war in tadellosem Zustand. Das Dach war neu eingedeckt, die Fensterrahmen frisch gestrichen, das Parkett poliert und die Wände geschmackvoll und ordentlich tapeziert. Es gab eine Speisekammer, einen Weinkeller und einen Kamin. Christine freute sich auf die langen Winterabende, die sie träumend vor dem Feuer verbringen würde. Weitere Vorteile waren die unmittelbare Nähe zu einem Lebensmittelmarkt, einer Reinigung und einem Ärztehaus. Auch Straßenbahn- und Bushaltestellen konnte Christine in wenigen Minuten zu Fuß zu erreichen. Trotzdem lag das Haus so abseits, dass Verkehrsgeräusche nur gedämpft zu ihm vordrangen. Auch den Lärm von Kindern und Hunden, von Grillfesten im Sommer oder Schneeschiebern an frühen Wintermorgen brauchte Christine nicht zu fürchten. Ihr Haus war zwar von anderen Häusern umgeben. Doch alle waren so weit entfernt, dass Christine ungestört durch ihren Garten spazieren konnte, ohne in ein Gespräch über den Gartenzaun verwickelt zu werden. Trotzdem fühlte sie sich nicht einsam. Ihre Nachbarn hatten sie freundlich aber unaufdringlich zwei Tage nach ihrem Einzug mit einem Kuchen willkommen geheißen. Von ihnen hatte sie auch einiges über den Vorbesitzer des Hauses erfahren.

„Erzähl“, forderte Klara Christine auf.

Sie hatte ihr geholfen, die Umzugskartons auszupacken, die Möbel zu platzieren, Bilder aufzuhängen und Christines Bücher in die Regale zu sortieren. Die Fotografie im Silberrahmen hatte wieder einen Ehrenplatz zwischen Klassikern und Krimis bekommen. Christine hatte den Rahmen nicht ausgetauscht und auch nicht reparieren lassen. Ohne das Glas wirkte das Bild direkter, menschlicher und weit weniger ikonenhaft. Trotzdem hatte Klara sich darüber aufgeregt, dass Christine es überhaupt wieder aufgestellt hatte.

„Warum sollte ich nicht?“, hatte Christine entgegnet, „wo ich mich doch wirklich gerne an sie erinnere. Schließlich habe sie lieb gehabt.“

„Und was ist mit ihrem Einfluss?“, hatte Klara gemeckert.

„Es ist, wie du selber gesagt hast“, hatte Christine erwidert, „irgendeinem Einfluss unterliegen wir alle, fragt sich nur, für welchen wir uns entscheiden.“

„Und, Christine, für welchen hast du dich entschieden?“

Da hatte Christine mit den Schultern gezuckt, was Klara unmöglich gefunden hatte. Seit wann war ihre Freundin so unzugänglich? War es möglich, dass es mit dem neuen Haus zusammenhing, dass Christine plötzlich so abwartend gelassen blieb? So ungewohnt souverän? Ausgerechnet sie, die sonst eher ängstlich darauf bedacht war, keine Fehler und es allen recht zu machen, zuallerst ihrer eigenen Mutter und dann vielleicht sogar Klara? Immerhin hatte sie Klara erlaubt, Bilder dort aufzuhängen, wo sie es für passend hielt, und auch die meisten Möbel standen da, wo sie sie hingerückt hatte. Vielleicht gab es gar keinen Grund, sich zu sorgen. Also schluckte Klara tapfer ihren Freundinnenstolz herunter, nahm ihren ganzen schalkhaften Jungmädchen-Humor zusammen und dachte gar nicht daran, sich beleidigt zurückzuziehen. Auch jetzt hatte sie sich wieder auf einem der klapprigen Gartenstühle in Christines Garten breit gemacht.

„Du hast es hier wie im Paradies", sagte sie und schaute den Bienen hinterher, die an den Brombeerblüten naschten. Sonnenstrahlen malten Lichtkringel auf den Rasen, Kaffeeduft durchzog die Luft. Auf dem Tisch stand wie eine Verheißung ein noch warmer Apfelkuchen.

„Nicht wahr?", lächelte Christine und lud ihrer Freundin ein großes Stück auf den Teller. Genüsslich nahm Klara einen Bissen.

„Ich frage mich wirklich, wem du so etwas Schönes zu verdanken hast", fuhr sie mit vollem Mund fort.

Natürlich spielte sie auf den verstorbenen Vorbesitzer an. Christine schmunzelte. Ach, wenn Klara wüsste ... Doch Christine ließ sie noch ein bisschen zappeln. Klara rutschte schon ganz unruhig auf ihrem Platz hin und her.

„Nun erzähl doch endlich", drängte sie, „er ist also verstorben?"

„So sagen die Nachbarn", meinte Christine.

„Und was sagen sie noch von ihm, ach, Christine, lass dir doch nicht jedes Wort aus der Nase ziehen."

„Sie sagen, er sei ein bisschen komisch gewesen."

„Komisch?"

„Naja, es war so, als ob er alles über alle gewusst habe, ohne sein Wissen jedoch gegen irgendjemanden zu verwenden. Im Gegenteil ... er schien es genutzt zu haben, um die Leute zusammenzuführen. Er hatte über jeden nur Gutes zu sagen gehabt. Manche misstrauten ihm trotzdem. Du weißt ja, wie die Leute sein können. Aber im Großen und Ganzen war er es wohl gewesen, der für das schöne Miteinander in dieser Gegend gesorgt hatte, und die meisten bedauerten, dass er gestorben war."

„Um so großen Einfluss auszuüben, muss er wohl lange hier gelebt haben?", sagte Klara.

„Sehr lange", bestätigte Christine, „am Ende der Straße wohnt ein Mann, der sicher schon um die 80 ist. Er sagt, der Besitzer meines Hauses habe hier schon gelebt, als er noch jung gewesen sei."

„Dann muss er selber sehr alt gestorben sein", überlegte Klara.

Christine lachte: „Ja, er war wohl um die 30."

Zuerst stutzte Klara, doch dann stimmte sie bereitwillig in Christines Gelächter ein. Jetzt, wo sie ihre Freundin schon einmal so weit hatte, wollte sie kein Spielverderber sein. Immerhin schien Christine zu ihrem früheren Entgegenkommen zurückgefunden zu haben. Klara wollte sich nichts verderben. Wahrscheinlich hatte Christine sowieso nur Spaß gemacht.

„Es soll ja wirklich so alterslose Leute geben", grinste sie und strich sich selbstgefällig über ihre braunen Haare. Erst vor ein paar Tagen hatte sie sämtliche grauen Strähnen mit einem satten Kastanienton überfärben lassen.

Doch Christine schüttelte den Kopf.

„Nein, so meine ich es nicht, ich glaube eher ..."

Doch was sie glaubte, teilte sie ihrer Freundin schon nicht mehr mit. Stattdessen stand sie plötzlich auf, verschwand kurz im Haus und kehrte mit einem dritten

Gedeck zurück, das sie zwischen ihres und Klaras auf den Tisch stellte. Auf den Teller legte sie ein großes Stück Apfelkuchen.

„Du hast mir gar nicht gesagt, dass du noch Besuch erwartest", wunderte sich Klara.

„Keinen Besuch", sagte Christine, „ich habe es dir noch nicht gesagt, aber er wohnt jetzt bei mir im Haus."

„Bist du verrückt?", fuhr Klara hoch.

Mit einem Schlag rückte ihr hübscher kleiner Tratsch über alterslose Hausbesitzer in den Hintergrund. Erregt sprang Klara hoch und umkreiste den kleinen Kaffeetisch. Unter diesen Umständen war es ihr einfach nicht möglich, weiterhin so zu tun, als wäre zwischen ihr und Christine alles wie früher.

„Was hast du dir bloß dabei gedacht", fuhr sie sie an, „mit mir willst du nicht zusammenziehen, aber ..."

„Du hast es selber für keine gute Idee gehalten", wandte Christine ungerührt ein.

Aber Klara ließ sich nicht bremsen. Plötzlich fühlte sie sich verunsichert und frustriert wie ein Mädchen an seinem ersten Schultag. Irgendetwas war passiert, das sie nicht verstand. Irgendetwas war mit Christine passiert. Wer weiß, wie lange sie diesen Kerl schon kannte. So etwas sollte ja immer wieder vorkommen bei Frauen im vorgerückten Alter. Aber ausgerechnet Christine ... Und dass sie ihr nichts davon gesagt hatte, ihrer besten Freundin?

„So richtig kenne ich ihn ja noch gar nicht", erklärte Christine.

„Und da lässt du ihn bei dir wohnen?", fauchte Klara, „so viel Leichtsinn hätte ich dir nicht zugetraut."

„Natürlich könnte ich ihn rausschmeißen, aber ich finde, er hat ein Recht, hier zu sein. Ich finde ihn auch sehr vernünftig und ausgesprochen liebenswert obendrein. Außerdem …"

Christine stockte verlegen.

„Außerdem?"

Klara unterbrach ihre Wanderung und ließ sich resigniert wieder auf ihren Stuhl fallen.

„Außerdem scheint er mich zu mögen", murmelte Christine. „Ich mag dich auch!", platzte Klara heraus.

„Ach, ich meine es doch ganz anders", versuchte es Christine noch einmal. Aber da empörte Klara sich erst recht.

„Du in deinem Alter!", rief sie.

„Das hat nichts mit dem Alter zu tun", erwiderte Christine, „er hört mir zu, und er spricht mit mir …"

„So wie deine Mutter?"

Klara merkte selber, wie bissig das klang. Dabei wollte sie Christine nicht verletzten. Aber hatte sie nicht Recht? Es schien genau das eingetroffen zu sein, wovor sie Christine hatte schützen wollen.

„Vom Regen in die Traufe", murmelte sie böse.

„Der Unterschied ist nur, dass ich mich diesmal selber entschieden habe, auf welche Stimme ich hören möchte", sagte Christine.

In ihren Worten lag weder Widerwille noch der Drang, sich zu rechtfertigen. Christines Gleichmut war so entwaffnend, dass Klara kein Gegenargument mehr einfiel. Resigniert stopfte sie den Rest ihres Apfelkuchens in sich hinein. Als schließlich nur noch Krümel übrig waren, die sie wie Samen auf einem Feld über die

Tischdecke verstreute, wagte sie vorsichtig zu fragen: „Wer ist er denn überhaupt, und wo hast du ihn getroffen?“

„Hier“, sagte Christine schlicht, „er ist der Besitzer meines Hauses. Die Leute sagten, er sei tot. Aber er lebt, und es ist, als habe er alles für mich vorbereitet.“

„Aber wie ist das möglich?“, wunderte sich Klara.

Christine zuckte mit den Schultern. „Auferstehung?“, lächelte sie.

„Ach, Christine, jetzt machst du dich über mich lustig.“

„Aber nein, Klara, er lebt.“

Christine langte nach der Kanne und goss Kaffee in die Tasse des dritten Gedecks. Und plötzlich war er da und setzte sich zu ihnen an den Tisch. Sogar Klara konnte ihn erkennen.